글말이 생성되는 장소

상상을 초월한 꿈의 글말을 찾아

글말이 생성되는 장소

초판 1쇄 인쇄일 2021년 7월 15일
초판 1쇄 발행일 2021년 7월 22일

지은이 김성호
펴낸이 김성호
디자인 임흥순 송다희
교　정 송다희

펴낸곳 성미출판사
출판등록 (979-11)960049
주소 서울금천구 시흥3동 시흥대로6길 35-25 2층(203호)
대표전화 010-7314-2113
이메일 sungmobook@naver.com
홈페이지 www.booknamu.com
ISBN 979-11-967874-0 (03800)

글말이 생성되는 장소

상상을 초월한 꿈의 글말을 찾아

성미출판사

작가의 말

존재 확립을 위해 직업 일선에 뛰어든 사회가 우리에게 요구하는 것은 능력을 갖춘 근간의 인품이다. 셈을 잘 한다거나 읽고 쓰는 재간도 중하나, 그보다 다양한 문화의 표용을 요구하고 있다. 신문기사의 제목만 해도 그 안에는 다양한 문화적 코드가 있는데, 그 복합적 환경의 의미를 이해로 도모하는 저변의 능력을 요구한다. 이와 같은 사회문화 학습은 교육을 통해서만 가능하다. 이의 습득의 지름은 인문적 교양이다. 인문은 사회와 원만한 소통을 할 수 있게 하는 기능이 있다.

글쓰기와 불가분의 관계인 인문은 삶을 위한 학습의 성격을 띠고 있다. 못 먹고 못 자고 못 씻고 못 입는 것에만 몰입되어 있으면 안 되는 이유는, 인간이 정작 누려야 할 지위와 능력을 따라잡을 수 있는 기회가 구조적으로 점차 멀어지기 때문이다. 어떻게 먹고 어떻게 자고 어떻게 씻고 어떻게 입는지의 중요성을 나의 책임 하에서 깊이 통찰하려면 지식의 폭을 넓혀주는 인문적 소양을 기르는 것이 최적이다.

사실 우리나라도 복지제도가 날로 발전하기에 거리

노숙인들도 먹고 자고 씻고 입는 일에 별 지장이 없는 줄로 알고 있다. 그러나 법이 정한 제도는 정치적인 권한에 국한되어 있어 실패의 쓴맛에서 다시 서기 도움은 그다지 크지 않다. 넘어진 그 자리를 딛고 일어나 자신의 본길을 찾는 자립을 스스로 세우지 않는 한 그 자리에서 맴도는 생활에서의 탈출은 요원할 수밖에 없다.

맹자는 "무엇인가를 행하는 것은 우물을 파는 것과 같다."했다. 이어 "우물을 아홉 길을 파도 샘에 이르지 않으면, 그것은 쓸모없는 우물이 된다."라는 말을 덧붙였다. 무모하기 짝이 없는 짓거리 뭐 땜에 그토록 매달려 하느냐 문책성 말로 들린다. 글쓰기가 꼭 이와 같다. 묵직한 바위를 깨 자갈로 쓸 조각을 준비해 두긴 했는데, 빈 구덩이 어떻게 채워 평범한 길을 내야 할지? 잔디밭 위 긴 그림자의 감이 도대체 안 잡힌다? 그럼 자갈 쓸 용도도 모르고 무작정 지치도록 바위를 깨부쉈다는 뜻이 아니던가. 헛수고도 이런 헛된 일은 없을 것이다.

시대는 남보다 운이 좋아 물때를 타는 사람은 분명 있다. 부모의 재력의 후광을 입었든, 지도 선생님의 추천으로 문인이 되었든, 일찍부터 안정기에 들어선 사람들은 행운을 톡톡히 입은 사람이 아닐 수 없다. 그러나 분별력을 길러주는 인문에서는 공저 성격의 융합을 모아 책을 만드는 그 배후도 중하나, 자신만의 색체가 짙어지는 개별의 독립으로 서지 않으면 이름뿐인 작가로 전락할 수 있다. 한 예로 언제가 사회관계망서비스(SNS)에 올린 누군가의 창작품을 통째로 도용한 원고를 몇몇 단체에 보내 당선의 영광을 안았다는 사람의 사례를 인터넷기사로 본적이 있다.

글쓰기는 운이 아니다. 하늘의 특별계시로 인류에 전하는 그 말씀을 영지(令旨)로 받아쓰는 사람은 예외로 두고, 이 땅의 관습대로 훌륭한 선생님의 영향을 덧입었다 할지라도 그 고결한 재능의 문장 전체는 나의 것이 될 수 없다. 오직 나와의 사투로 작품소재를 그려야지 남의 것을 갖다 쓰는 글쓰기는 절대적 가짜이므로 마땅히 지양해야 한다.

자, 그럼 《글말이 생성되는 장소》 책은 어떤 책인지 지금부터 내용 속으로 들어가 보도록 하자.

- 2021년 7월
김성호

말과 글쓰기

먼 옛날에는 취미를 인격으로 받아들인 적
이 있었다. 말이 그 사람의 인격인 것과 같이 글 역시
도 그 사람의 인격을 나타낸다. 그렇지만 꼭 그와 일
통하지 않다는 점을 우리는 종종 목격한다. 무대 의자
에 점잖게 앉아서 세상은 이러해야 밝은 사회가 되고,
정치인은 정직을 생명처럼 지켜야 유권자들의 신뢰를
얻는다 하나, 일선에서 동분서주 뛰는 그들의 속내를
들여다보면 그 말과 그 글이 딴판 하게 전혀 다른, 따
로따로 노는 이중적 성격자임을 알게 된다. 책상머리
이론과 생존에 목줄을 건 현장 기술은 동일할 수 없다
는 대변이다. 그래서 화자로 떠도는 사회 말 중에 "사
람은 넘쳐나는데 안팎이 일치하게 반듯한 사람 찾기

는 모래 속에서 바늘을 찾는 것만큼이나 어렵다"이다. 필자 역시도 두 부류 속에 다 들어있는 하등의 속물임을 솔직하게 고백한다. 유·불리가 걸린 환경에서 떠밀리지 않으려 일전에 했던 말을 단숨에 뒤집는 언행 불일치 인물임을 이 자리를 빌려 자백한다.

인간에게는 원초적 충동이 있다. 이성을 잃게 하는 취기는 곧잘 추함을 드러낸다. 젊은 날의 비틀 버릇을 고치지 못한 노인은, 말실수로 오랜 지기를 잃은 비운을 안았다.

인간에게는 원초적 충동이 있다. 이성을 잃게 하는 취기는 곧잘 추함을 드러낸다. 젊은 날의 비틀 버릇을 고치지 못한 노인은, 말실수로 오랜 지기를 잃은 비운을 안았다.

인류는 언어로 발전을 견인한다. '말 한마디에 천 냥 빚을 갚는다.'라는 우리 속담의 뜻은 적합한 말은 상대방으로 하여금 웃음을 짓게 한다는 것이다. 이와 반대로 삶의 터전이 와르르 무너져 내린 눈앞의 와해(瓦解) 상황을 목도하면서 즉흥적으로 내뱉은 비말의 욕설은 준비 없었던 즉각적인 팟대 성질이라, 못난 돌멩이처럼 피를 흘리게 하는 아픔이 담겨있다.

모든 언어는 누구의 기억에서 살아 숨 쉬지 않는 이

상 공중분해로 사라지고 만다. 그 정보 전달 수단인 언어의 전례를 두고두고 되새기는 기록물이 책이다. 책 쓰기는 쪼개고 붙이는 정신의 날로 써야 글말이 살아난다.

인생은 자신의 기록이다. 글 쓰는 일은 운수가 아니다. "인생의 적(敵)은 인생 그 자체이다."프랑스 비평가의 말처럼 온갖 구실을 붙여 나를 방해하는 내 안의 적과의 싸움이다.

웃을 상황이 아닌 울고 싶은 심정인 데도 불구하고 뼛속 기름까지 짜내는 글쓰기는 고된 작업이다. 갈고 닦는 노력의 과정이 그만큼 쉽지 않다. 필자의 경우는 글 쓰는 체력을 기르려면 하루의 일상인 일기부터 써라 훈계한다. 오늘 맡은 화사한 봄 향기, 이제 막 읽기 시작한 새 책, 얼핏 들었던 청아한 새소리, 먹었던 맛에 대해 느낀 미식가의 소감을 그때마다 적어 두는 것도 글쓰기 발전의 일환이 된다. 경험에서 체득한 일상은, 그 누구도 아닌 바로 나 자신의 발자취이기 때문이다. 많이 읽고 쓰는 습작을 게을리 하지 말아야 한다는 점 잊지 말았으면 한다.

학교나 직장에 제출하려 쓴 평가 글은 소통하고 즐기고 설득하는 사회 주목도의 글과는 거리가 먼 것임을 명심해야 한다. 시험을 치기 위한 준비 공부는 암기 위주의 주입식이다. 기능은 이용 편리한 자동화이다. 부모와 자녀의 관계는 위계의 수직 관계이지 동등한 수평 관계는 아니다. 모방은 노력의 창작과는 거리가 한참 멀다. 나를 훈련시키며 깨우는 미래의 자유가 아니다.

인격은 갈고닦는 데서 경외가 높아진다. 글쓰기에서 마음가짐의 준비는 무쇠도 갈면 바늘이 된다는 말처럼 실력을 쌓는 운명에 자신을 거는 나만의 시간 확보가 우선 중요하다. 모임이나 사람 만나는 횟수가 일상인 인물은, 자신이 진정 누구인지 생각하지 않기에 글 쓰는 실력을 키우지 못한다. 외부의 여러 일들로 분주한 사람 역시도 자신을 돌아보는 성찰의 시간이 부족하거나 전혀 없어 정체를 잃어버리는 경우가 다반사다.

MBC 청룡 원년 감독(겸 선수)로서 활약한 왕년의 백인천은 KBO 리그 역사상 전무후무한 4할 타율(0.412)의 기록을 남겼다. 백인천은 그 정상에 서기까지 이를 악문 훈련에 훈련을 거듭했다. 그러한 피골찬 노력으로 야구사에 큰 족적을 남긴 선수로 이름이 올려져있다. 그가 지난날들을 돌아보면서 남긴 일화는 "열심히 뛰느라 인격을 닦지 못했다."라는 기억이었다.

창의력은 억압에서 벗어난 사유에서 싹터진다. "나도 글로써 밥벌이 해 볼까?"말처럼 쉽지 않는 일이 글쓰기 작업이다.

중도에 펜을 내던지고 다른 직업을 갖는 사람들의 속내를 들여다보면 작가적 투쟁이 빈약하다는 것을 알 수 있다. 수난과 풍파는 위대한 꿈을 품은 사람들에게는 필수 과정의 구비이다. 이속에서 내공이 쌓아지고, 나 자신을 아는 나의 진정한 존재는 독립성에서 비롯된다는 점을 깨닫게 된다. 매일 한 문장씩 익혀나가는 꾸준한 습관은 경지에 다다라가는 발전의 바탕이다.

'글 쓰는 일을 소명으로 삼은 잠수의 문학도는 철저한 개인주의 자이다. 갈기갈기 찢었다, 새로 시작한 원고 수정을 거치는 과정에서, 그 문장 연결에 적합성이 떨어진다거나 약하다 싶으면 받침에 맞는 단어를 두루 찾아 병렬로 세우는 두뇌여야 비로소 진도가 순조로운 글쓰기 작업은, 복잡하게 시끄러운 환경을 한층 경계한다. 이 점을 잘 파악해뒀던 양문일은 사람은 낮에 보고 밤에는 글을 쓰자는 시간으로 나눠 썼다. 인터넷 강의로 시문학 공부를 병행했다. 고향 후배로써 자주 만나며 시 창작에 관한 얘기를 나눈 계기였다.' 필자의 장편소설 《삶의 메아리》 일부 줄거리이다.

이야깃거리가 있는 사람은 누구나 책 속의 주인공이 될 수 있다. 글쓰기 출발은 호흡이 거친 공포부터 불러일으키는 게 현실이다. 위상이 안전할 수 없는, 한껏 달아오른 유혹으로 급해진 성질만큼이나 순발력이 받쳐주지 않기 때문이다. 그러나 이론적 설계도가 캄캄한 일반인들의 경우 체계 문제로 고민할 필요가 없다. 뒤죽박죽 얽히고설킨 실 뭉텅이 머리말 찾듯이 무작정 초안을 잡는 글을 써보고 눈이 뜨여 재능이 보인다 싶을 때 그때부터 정리(定理)를 다져나가면 된다. 정보지식의 범위를 넓히는 여행은 그다음 일이다.

우리 몸에는 다섯 가지 대표적 감각이 있다. 촉각·시각·후각·청각·미각이다. 시작이 반이라 했다. 사람들의 일자리를 잠식하는 IT 산업이 무르 익어가고 있다. 인공지능은 모든 분야에 침투되어 있고, 예술 분야 역시도 기계가 데이터 학습을 거쳐 소설 등을 쓰는 시대로 접어들었다.

다가오는 미래에 불안에 떠는 사람들 수가 꽤 늘었

다. 먹고사는 소소한 문제부터 사회적 혼란과 위정자들의 제 배만 채우는 탐욕이 도를 넘어섰다는 서민들의 하소연이 하늘을 찌르고 있다. 2016년 다보스 포럼에서 공동 문으로 발표된 미래 전망에 따르면 "자본과 능력, 지식을 가진 엘리트에게 부의 권력이 집중되고, 중하위 계층은 갈수록 불리해져 중산층 붕괴 현상이 일어날 수 있다."

미래학자 토마스 프레이는 한 발 더 나가 "인공지능 등장으로 2030년엔 전 세계에서 20억 명의 일자리가 사라지고 불평등이 더욱 심해질 것."라는 전망을 내놨다.

무섭다. 생산 수단을 소유한 자본가들의 '프레카아크(precariat, 인공지능이 지배하는 미래사회에서 단순 반복적인 노동을 하는 계급)로 노동착취를 넘은 인권유린이….

그런데도 가난해지기로 작심한 건지 초 연결시대에 맞춘 글쓰기 열풍이 대단하다. 노인들의 자서전 쓰기 공부, 주부들의 수필 도전, 학생들의 독후감 경쟁이 치열하니 말이다.

이 한 몸 다 바쳐

1908년 최남선의 신문관「新文館」설립 이래 출판계는 문장 작법에 지대한 관심을 보여 왔다. 2011년 6월 30일 법률 제10807호 개정대로 50년에서 사후 70년으로 연장된 저작권법 보호를 굳건하게 받고 있는 예술작품은, 그 글(책)을 쓴 이의 창작물이다. 문학예술은 음풍농월(吟風弄月)의 환경 속에 똬리로 틀어박혀서-끙끙 앓는 머리를 쥐어짜면서 '감정 정체'를 집대성 합리로 모은 무의 세계를 유의 세계로 끌어올리는 작업이다. 따라서 사소하게 빈약해 보이는 작품 역시도 그 나름의 의미를 갖고 있다.

대상을 얼마나 똑같이 그려내는 가의 기교에 척도를 맞추었던 예술 시대가 있었다. 그러나 대상은 그대로 두고 내적 필연성에 따라 감정이 이입된 곡선의 문장을 써내는 작품으로-처한 상황과 고유 방식의 예술을 몰아내지 않는 범위 내에서-극도를 마지않는 제멋대로의 추상과 충동을 불러일으키는 오늘날의 자유분방한 시대를 '창조의 시대'로 일컬어진다.

예술 욕구가 강한 예술인은 억누르고 있는 형식에서 자유로울 때 비로소 창의적 작품을 세상에 내놓을 수 있다. 「모나리자 미소」의 작품으로 오늘날까지도 명성이 드높은 레오나르도는 자유분방한 영혼 소유자이었다.

예술 양식도 산업사회의 급속한 이행에 맞추어 표현을 달리하는 현상을 드러내고 있다. 인문의 폭넓은 이해는 독서만큼 좋은 게 없다. 자신 내면에 감추어진 감성을 캐고, 그 발굴로 자기표현을 논리로 내세우는 것에는 글쓰기가 좋은 수단이다. 문장(文章)은 글 토막을 엮는 구성이다. 소설 구성은 5단 구조(발달·발전·위기·절정·결말)이다. 논리 강화의 4단 구조는 기·승·전·결(起·承·轉·結)이고, 할리우드 영화 거의는 3단 구조(발단·전개·결말)로 만들어진다. 우리나라 영화〈괴물·해운대·왕의 남자〉도 3단 구조법을 차용했다.

3단 구조의 틀은 고대 인물 아리스토텔레스《詩學》

에서부터 전해져 내려오고 있다. 대 철학자 아리스토 텔레스(BC384. 그리스))는 의사의 아들로 출생했으며 플라톤의 제자이자 그 스승의 적수이기도 하다.

언어에도 온도가 있듯이 글에도 등락의 기온 차가 있다. 말을 표현의 글로 나타내는 일에 '이 한 몸 다 바쳐'목표를 일생일사로 걸어둔 그들의 성향은 인고의 감수를 머금은 고독 그 자체이다. 이 기저에는 무엇보다 자신을 배반하지 않는 장인 정신의 고집부리가 깊어야 한다. 배반이란 자신이든 타인이든 못되게 인정하지 않고-신뢰의 믿음을 보내지 않고 관계를 끊는 결별을 말한다.

자신을 갈고 닦는 성실히 든든하게 기반 되어 있어야 제대로 성장할 수 있다. 가장 작가다운 사람은 누구일까? 억눌려있는 형식에서 자유로운 사람이다. 노르웨이 국적을 가졌고《민중의 적》저자인 입센(H.lben)은 "가장 강한 사람이 가장 독립적인 사람이다."라고 주창했다.

개구리 이전의 시절은 올챙이이다. 아무도 알아주지 않는 침침한 골방에서 머리를 싸매고 한 글자 한 글자를 문장으로 엮으며 원고 량을 채워가는 작가 지망생은 자신을 질책하는 열등감에 쉬 잠겨든다.

면죄부 판매 저항으로 천주교 성직자들로부터 비난의 화살을 한 몸으로 맞게 된 마르틴 루터는 만성적 우울증에 시달리게 된다. 그 무렵에 "오직 의인은 믿음으로 말미암아 살리라"(로마서 1장 17절)구절에 눈을 뜨게 된다. 종교개혁의 밑절미가 되었다.

이 땅은 유한을 안은 피조물들의 세상이다. 인생살이에는 음양이 있다. 좋았던 시절도 어둡게 바뀐 환경에 따라 불평불만을 터트릴 수 있는 게 사람의 감정이다. 눈에 쉬 띄지 않는 지극히 작은 것을 환경이 원인이라며 무시하지 말고, 실력을 다지는 개척 과정을 차근차근 밟아나가는 것이 중요하다. 그러면서 개성의 사고를 키운다.

불교에서는 걸림 없이 생각을 내려놓는 것이 삼매(三昧)라고 한다. 삼매의 깊은 뜻은 '호흡이 들어가고 나가는 현상 자체에 마음을 고정시킴'이란다. 문장을 쓰는 작가에게 불교의 수행 중 하나인 삼매를 적용해 본다면 어떤 반응이 나타날까? 법정 스님의 《눈길》「변택주 작」을 읽다 순간 떠올린 발상에 지나지 않으나, 속세와의 인연을 끊고 산림에 묻혀 사는 산소의 수행자들과 달리 세속의 삶을 영위하면서 수행 자세인 좌선 시간이 많은 작가들에게도 맞는 부분이 유의적으로 연결되어 있을 것 같아 몇 자 써볼까 한다.

작가의 구원자는 작가 자신이다. 작가는 거세된 감정, 억압된 자유에서는 한시도 살아갈 수 없는 부류이다. 영국 소설가 조지 오웰의 《1984년》의 주제처럼 정부가 개인의 삶을 총체적으로 틀어쥔다면 숨이 막혀 제 명이 앞당겨지는 운명론자들이다. 개개인의 성숙을 매우 중대하게 받아들이므로 글 샘이 막히는 경우를 신경망을 모아 극구 경계한다.

남의 글을 베껴 쓰는 모방은 창작이 아니다. 저작권 침해에 해당됨으로 조심해야 한다. 글을 쓴다는 것은 신세 보장이 아니다. 산화(散華)의 각오를 다진 주력에서만이 의지 높은 사명을 뻗어낼 수 있다. 상상은 가령을 유용으로 짜 맞추는 병렬의 역할을 맡고 있다. 가상인 형이상학 세계를 하계로 끌어내려 자기화로 엮어내는 힘이 상상이다. 장소가 어디건 상관없이 마을의 풍경을 다변적으로 그려내서 세상에 내놓는 게 상상의 역할이다.

기술도 중하나 그 사용은 전적으로 개인의 역량에 달려있다. 글쓰기는 근원의 본질을 좇는 행위이다. 자서전과 가족 사 이야기는 그 울타리 안에서 문장을 구성해 나가나, 문학예술의 경우는 그 저자가 범위를 잡은 역량에 따라 분절 내용을 얼마든지 이리저리 자유롭게 꾸밀 수 있다.

자서전과 가족 사 이야기는 시간의 구애를 받지만, 예술작품을 쓰는 상상의 작가는 시간을 임의로 바꿔치기하는 것도 전혀 문제가 되지 않는다. 되레 탁월한 매력의 전환이라는 추대를 받는다. 상상은 또한 그 내용의 양념이므로, 맛을 잃은 부실 식사를 입맛에 맞게 끌어올려 주기도 한다. 그러므로 상상은 실체가 불분명한 허구와는 형제지간이라 할 수 있다.

작가에게는 엄두가 나질 않는다는 단어는 통하지 않는다. 글쓰기가 풀리지 않는다 싶으면 다른 편절을 찾아 얼마든지 문장을 엮어나갈 수 있기 때문이다.

상대의 약점을 저울질을 거쳐 보완하는 자질이 곧 상상의 힘이다. 문학이 그렇다. 교육성을 담은 시문이라 할지라도, 추상의 개연성이 포함되어 있음을 부인하지 않는다. 남을 가르칠 의도에 상상이 빠져있으며, 그 내용은 싸구려 연기에 지나지 않다.

작가에게도 위험의 대면이 있다. 중상모략으로 피해를 입힌 누군가를 패가망신시키려 악의적 글로 보복하는 경우가 그 예이다. 역사를 왜곡하는 글 역시도 이에 해당된다. 광주 민주 항쟁 당시 헬기를 띄워 민간인을 살상하지 않았다는 내용을 담은 자서전에, 땅이 알고 하늘이 아는 진실을 미화했다는 점을 발견하고 횃불을 들고일어난 현장 목격자들의 고소·고발로 여전히 재판에 시달림 받고 있는 전직대통령의 사례를 들 수 있겠다.

작품의 품위인 빛나는 창작의 문장은 개인적인 고된 훈련에서 나온다. 매일 기사를 써야 하는 신문기자나 학생들을 지도하는 학교 선생님이라 해서 작가 반열에 낮게 오르는 것이 아니다. 자신이 추구하는 색체 그림의 예술 욕구를 직선으로 갖춘 직관과 정서적 합리인 정신무장을 단단히 다진 특수한 사람만이 영감 받은 작품의 문장력을 무럭무럭 키워낼 수 있다. 한 줄 썼다 두 줄 지우는 반복적 습작이 문장의 효율을 높여 준다. 짧은 문장을 쓰기로 유명한 헤밍웨이는 《무기여 잘 있거라》의 마지막 페이지를 39번이나 고쳤다는 전설이 있다.

순수 문학의 위치

세밑 그림자 짙다

코로나 장막 도무지 거둬지지 않는다.

해 없는 하늘 표정 찌뿌둥하다

오후로 접어들면서

송이눈발이 날리기 시작한다.

반갑기 그지없다.

― 2020. 12. 29

공자는 일찍이 "그대들은 어찌 시(詩)를 배우지 않는가?"라는 질문을 냈다. 이 말의 본뜻은 수제자들이 내놓은 답변에 따르면 "선생님께서는 하나를 들으시면 열을 아셨습니다."라는 이해이다. 그렇다.

시를 배우면 인성의 함축을 넘어 인문학, 즉 예술·철학·역사·과학 등의 공부에 지름이 된다.

시 한 편의 세계는 한 칸의 골방처럼 매우 비좁다. 그러나 시가 수동적인 자세에만 머물러있지 않고 태양열에 눈이 부신 들판에 나선다면, 시상(詩想)은 생명들의 약동에 환호를 보낸다. 시는 이렇듯 문호를 활짝 열어젖힌다. 시는 정신문화의 사고(師古)를 살려낸다. 교류하는 사물들의 언어를 발굴하여 식물·바위·곤충 등의 존재를 세상에 알린다.

이에 반해 소크라테스의 제자 플라톤은 시를 통해 상상력이 자극받아야 한다는 공자와는 시에 대한 생각이 전혀 달랐다. 그 한 예로 플라톤은 스승 사후에 내놓은 《국가론》에서 시인은 이상 국가(理想國家)에서 추방되어야 한다는 주장을 펼쳤다. 상상력은 사람들을 부패시킨다는 이유를 들어 추방을 운운했다. 플라톤의 시에 대한 부정론의 배후에는 스승이 바랐던 민주주의 실패가 있었다.

문학예술은 실상과 동떨어진 사물을 예시로 그려낸다. 표현의 자유로 소재 기록은 얼마든지 가능하다. 사람의 정신세계에서 펜의 예술이 창작된다. 예술과 사람을 별개로 분리할 수 없는 이유이다.

우리가 잘 아는 대로 만해 한용운의《님의 침묵》은 인도 시인 라빈드라나트 타고르의 영향에서 비롯되었다. 시인은 체력적으로는 미력 하나, 피 말리는 정신력으로 쓰이는 그 펜의 강고는 세상을 들었다 놨다 한다. 또한 허전감에 잠긴 마음을 어루만져 채워주는 위안을 넘어 정신적 등불 역할도 맡고 있기도 하다. 그래서 무가치 물체를 단단한 결정(結晶) 체로 살려내는 시인은 행복하다. 그러므로 시는 분명 인문의 대표적 주류라 할 수 있다.

펜의 힘은 강하다. 그러나 시는 권력을 부리는 도구가 아니다. 시를 권력으로 이용하는 자는 대중들에 널리 알려진 정치 성향의 시인이다. 시의 생명은 시를 읽어주는 독자로부터 나온다.

새순을 틔운 한 줄기 식물이 거목으로 성장하기까지에는 사계절의 기후와 그때마다 태양과 수분 공급은 필수적이다. 성장기의 육체가 발화하는 냄새는 특별하게 신선하다. 시인은 동원한 이해력으로 자신의 생각을 듣는다. 심연 깊은 곳에서 소곤소곤 속삭이는 영혼의 세미한 음성을 감성의 피부로 체험한다. 실제의 사물 소리는 더욱더 밀약의 맛으로 헤아려 분석한다. 깊은 공백에서 실없이 마냥 헤매기도 한다. 건들

건들한 행위에서 환기로 활짝 열어둔 창문 사이로 한가롭게 느릿느릿 드나드는 가벼운 실바람이 거실 커튼을 살랑살랑 흔드는 광경을 목격한다. 거실 바닥에 드리워진 한줄기 봄날 햇살을 보며 환희의 송가를 부르기도 한다.

『서론』

생계유지에 급급 떠는 사람은, 사명의 예술인이 될 수 없다. 목숨 부지에만 매달려있는 사람은, 무신경하여 내다보는 안목이 고작 제 발등상뿐이다. 수다스러운 사람은, 예민성이 약하여 사태의 심각성을 깨닫지 못한다. 그토록 지각이 무감각하니, 사회적 이바지 업적이 없거나 적어 살아 있어도 곧 잊히는 사람일 뿐이다. 이런 사람들은, 짧은 글귀인 시조차도 읽지 않기에 시인들을 굶어 죽게 할 뿐만 아니라, 혈맥(血脈) 팽창도 없어 삶 자체가 무의미하다. 도대체 공생을 모른다. 위 내용과 온도 차는 있으나, 남의 눈치나 보는, 이해타산에 맞춘 아첨 시는 환영을 받지 못한다.

아른튼(E. M. Amclt)은 독일의 시인이다. 1806년 8월 나폴레옹은 프로이센군으로부터 항복을 받아냈다. 독일 민족은 비록 전쟁에 패하는 굴욕을 당했지만, 옛날에 그 굳건했던 정신력은 잃지 않았다. 그 무렵에 아른트가 자신의 저서 《시대의 정신》(Geist der Zeit)의 책을 들고 나와 독립 자유를 외쳤다. 예기치 않게 국민적 적개심을 불러일으키고 말았다.

그는 스위스로 달아났다. 1812년 나폴레옹은 모스크바의 혹한과 대화재로 인해 파리로 피신했다 되돌아왔다. 이듬해 프로이센 국왕 빌헬름 3세가 국민에게 자유·정의·조국이라는 세 가지 강령을 내걸고 전쟁을 선언했다. 학생·시인·예술가들도 적을 퇴치하는 싸움터로 내달렸다. 그 시인 중에 스위스에서 돌아온 아른트도 속해 있었다. 그는 《국민군이란 무엇인가》와 《라인은 독일의 강이지 국경이 아니다》두 편의 시를 지어 청년들의 의기를 한껏 고무시켰다. 독일 국민은 나폴레옹을 물리치는 대승리를 거뒀다. 이럴 듯 시는 혈맥을 뛰게 한다.

【시의 위력】

문학은 예술의 일종이다. 모든 예술의 본질은 보고 듣는 사람들의 감정을 일깨우는 데 있다. 비록 읽은 시의 의미가 당장 와 닿지 않아 맨송맨송 넘어간다고 할지라도, 수영으로 강을 건넌 사람의 몸과 마음에는 변화가 있기 마련이다.

시에도 여러 장르의 성격이 있다. 종교시·참여시·찬양 시·잠언시·비평 시·악마 시 등 다양하다. 지구에는 사계절이 있다. 만일 추운 겨울만이 있고 봄은 영영 오지 않는다면 인체는 살아 숨 쉰다고 할지라도 넋은 죽고 말 것이다. 시의 위력은 봄의 꽃처럼 신선한 생기를 불어넣어 준다.

【시의 성분】

시의 주요 성분은, 직시의 관념이다. 관념의 뒷받침은 진실이다. 시는 때로는 사회규범과 충돌한다. 조지 고든 바이런(영국 시인:1788~1824)은 옛 규범에서 벗어난 시인이다. 그의 시 성향은 강건·저항·파괴 등으로 요약할 수 있다. 그의 그 신랄한 비판성 시구에 두려움에 떨게 된 사람들은 그를 사탄 또는 영혼이 고갈된 시인이라고 공격했다. 도덕에 반하여 사회적 손가락욕을 감수하며 그 시를 써낸 시인이다.

시인의 경험은 시의 지평을 넓혀준다. 인생의 사실 묘사는 두개골을 연구하는 자연과학의 영역이 아니라, 살아 숨 쉬는 심령들을 어루만져 주는 시의 영역이다. 시는 불변의 진리는 아니나, 원기와 체력을 일으켜 세워준다. 시는 우리의 정신을 수양으로 이끌 뿐 아니라, 함양을 도모하기도 한다. 사물의 이면을 들여다볼 줄 아는 눈빛 자들은 따로 있는데, 바로 상상의 세계를 유랑으로 넘나드는 시인의 눈이 그렇다. 시는 자유의 정신에서 쓰인다.

【시의 본질】

다양한 형태로 쓰이는 시의 본질 대상은 사물이다. 자존심이 대단한 사람은 굽힐 줄 모른다. '가장 강한 사람이 가장 독립적인 사람이다.'라고 주창한 사람은, 노르웨이 국적을 가졌고 《민중의 적》 저자인 입센(H.lben)이다. 그는 세상과 짝이 되기 힘든 고집불통 인물이었다. 그는 '저속한 무리에게서는 진리는 빛을 잃는다.'라는 말을 남기기도 했다.

끈기를 요하는 글쓰기

모든 생물은 암수 교합의 잉태부터 시작된다. 생명의 숨결을 스스로 갓 내쉬기 시작한 배냇머리 신생아는 부모의 지극정성 한 돌봄을 받는 그때부터 인체와의 교류를 시작한다. 연령에 맞추어 성장을 거듭하면서 부모 외의 이웃들과도 젖내 눈을 맞추며 세상을 점차 깨워나간다. 이른바 의사소통이다. 역으로 정서적 경험을 거쳤음에도 불구하고 소통 불가능한 역류를 보인다면 '감정 표현 불능 자'로 분류된다.

연세 드신 어르신들은 이런 말을 곧잘 내놓는다.

"내가 살아온 인생 이야기 쓴다면 한 트럭분 원고량은 충분히 될 것."

그렇다. 인생 연령이 긴 어르신일수록 시대별 풍습,

역사별 사건·사고, 처와 자녀들을 먹여 살리려 손발 터지는 줄 잊고 내공 쌓은 직업의 노하우, 한바탕 혼욕을 치렀던 국가적 혁명 및 자연재해에 풍덩 빠졌다 살아난 기적, 이 밖에 슬하의 아들딸들이 안겨준 손자 손녀 등등의 소재거리 무궁무진 간직하고 있다. 그러나 막상 글로 옮겨 담을 경우 원고 량 100장은 나올까? 대답은 "아니요"이다. 부풀린 거품 빼고 별 의미도 없는 정보 나열 빼면 분량은 그만큼 확 줄어들기 때문이다.

두서없는 말이 횡설수설이듯이 문장 역시도 읽음에 식상 감을 불러일으킨다거나, 무슨 말인지 도무지 이해를 못 하겠다며 고개를 돌리게 한다면 뒤에서 버려지는 책이 될 수밖에 없다. 그러나 글 쓰는 일을 업으로 삼은 잠수의 작가들은 능력과 상상의 재주가 체력적으로 받쳐만 준다면 일 만 장의 원고도 무난하다. 어떻게 쓰는지를 훤히 알기 때문이다.

처음으로 펜을 들고 주춧돌부터 쌓는 글쓰기 도전에 나선 사람들의 대다수는 자기가 쓰고 자는 내용이 다른 사람들에 비해 대단히 넓다는 우월감에 도취되는 경향이 높다. 세상을 깜짝 놀라게 할 기막힌 이야기라 자랑 거린다. 그러다 막상 대중들에게 공개할 예정의 책이라는 그릇에 담기 시작하면 보잘것없다는 점을 소스라치게 놀라면서 뇌리를 때린다. 제 딴에 산전수전을 다 겪은 훌륭한 아이디어를 갖고 있다 해도 흐름이 자연스러운 주관적인 관점이 없다면, 의지가 꺾이는 난타의 굴욕은 불가피하다.

문자는 문명의 단절을 막는다. 문자는 정신문명의 꽃이다. 문자는 지식의 교류를 이끈다. 지식은 한 개인의 깨달음으로 체계가 다져지는 것이 아니다. 세종대왕의 훈민정음해례본 이후 전승과 축적의 과정을 거쳐 문장이라는 구조물이 만들어졌다.

글은 읽는 독자와의 만남이다. 글은 독자와 함께 떠나는 여행이다. 글은 독자로 하여금 경험이나 체험을 간접적으로 체득하게 한다.

사실을 거짓으로 둔갑해 말한다면 허설이다. 그 사실과 거짓의 차이를 가려내는 것이 작가의 역할이다. 신문기사는 중학생 수준에 맞추어 써야 한다. 좋은 글은 잘 짜여 군더더기 없이 쉽사리 읽히는 문장이다.

문장은 짧은 글이든 긴 글이든 단어 엮음이다. 어휘력의 폭이 넓을수록 문장을 꾸며나가는데 선택적 유리에 설 수 있다는 뜻이다. 이의 내공은 독서에서 쌓아진다.

문장의 호흡은 독서에서 피어오른다. 독서는 산만하게 흩어진 생각을 한 그릇에 모아 담는 정리(正理)의 힘이 있다. 아리송했던 이해 부족을 분명하게 깨칠 뿐만 아니라, 알지 못했던 지식을 덤으로 습득하게도 한다. 또한 성찰에 다다르는 지름도 일러준다. 아는 만큼 선지식에 눈은 떠지기 마련이다.

미국의 수전 손택(Susan Sontag. 소설가 문예평론가 사회운동가)은 "독서는 제게 유흥이고 휴식이고 위로고 내 작은 자살이에요. 세상이 못 견디겠으면 책을 들고 쪼그려 눕죠. 그건 내가 모든 걸 잊고 떠날 수 있게 해주는 작은 우주선이에요."라고 말했다.

일본의 사상가 가이호 세이로는 《만옥담 萬屋談》에서 이런 글을 남겼다.

"책 읽는 사람은 책에 취한 취객"

독서 기준은 첫째 마음을 비우는 것이다. 동시대 작가 작품이라면 왠지 마음이 쓰이는 선입견이 앞서질 수 있겠으나, 최고의 문학책이면서 영원한 베스트셀러인 성경을 읽을 시에는 경험에 부합되는지를 가리기보다, 믿고 맡기는 신앙인 자세로 접근해야 심경이 복잡해지지 않는다. 느낀 변화의 연구나 해석은 그다음 일이다.

읽기는 '나도 써 볼까.'의 유혹에 빠져들게 한다. 단어를 찾아 좇는 기나긴 여정 길에 오르게 하는 기저이다. 문장의 체력은 독서에서 길러진다. 반대로 독서에 단련(습관)이 되어있지 않으면(독서량이 적으면) 그 문장은 어김없이 빈약함으로 나타난다. 작가 성을 기르는 준비생들에게서 흔히 볼 수 현상이다. 이론은 머리에만 담아둔 개인 생각의 그림이지, 독자들 앞에 실체적으로 풀어놓은 문장은 아직은 아닌 것이다.

내 평생의 길과 똑같은 사람은 아무도 없다. 나의 나다운 삶은 나의 발로 여기저기 둘러보고, 나의 밝은 눈으로 본 사물을 나의 주관으로 깨달아 발굴하고, 그 안목의 실력을 갈고닦는 것이다.

구속과 의무에 매여 있으면 초인이 될 수 없다. 구속은 자신에게 감금되어 있는 철장 안이고, 의무는 자신 안에서만 움직이는 틀이다. 자신을 종합의 합리로 끌어 모으는 시간 사용이 적은 사람은 창의력을 생산해 낼 수 없다. 사고(師古)가 터지지 않아 운신의 폭이 좁다. 나이 먹는 생물은 성장을 보여야 내외적으로 살아있다는 인증을 받게 된다.

애석하게도 우리나라 사람들은 자신을 일깨우는 재련의 자존감이 부족하다. 다시 말해 자신의 확립인 철학이 빈곤하다. 철학은 삶의 기준을 제시해 준다. 철학은 인격 생활의 뼈대이다. 철학은 존재가치·이성의 인식을 높여주는 학문이다. 사회 지도층 인사들일수록 두말할 나위 없이 좌우로 흔들리지 않는 공무철학의 힘이 진실해야 한다.

훈련이 부족한 초보 작가들의 첫 번째 관문은 막막함이다. 백지 응시는 그만큼 고통의 한숨이 깊다. 글쓰기 방법을 모르기에 겪는 비관 성 현상이다. 기회 포착은 자리 잡힌 밑절미에서 힌트를 얻는다. 시도는 지금부터 출발임을 말한다. 꿈의 상상으로 그려보지 않으면 염원의 착륙은 요원하다.

아이작 뉴턴(1643~1727·잉글랜드·수학자·물리학자)은 힘의 작용으로 사과가 떨어지는 장면에서 '만유인력'의 틀을 다진 사람이다.

어린아이들의 놀이일 수 있는 손 주먹만 한 눈을 계속 굴리면 눈사람이 만들어진다. 하늘을 품은 가슴에는 노래의 날개가 있다. 자유의지는 판에 박힌 규격을 깨트리는 데서 넓어진다. 일단 무엇이든 써봐야겠다는 도발이 서야 실마리를 찾아갈 수 있다는 뜻이다. 말보다 펜을 쥔 손목을 계속 움직여야 자존감이 높아지는 글쓰기가 풀린다.

머릿속에 저장해둔 만큼 주제로 정한 표현이 물 흐르듯이 잘 풀린다면 얼마나 좋을까. 훈련(반복)의 과정을 끊임없이 지속적으로 유지한 사람은 불필요하게 불린 하마 몸집의 살덩이를 대폭 감량한다. 잉여의 문장을 줄이는 기술로 문맥의 간격을 압축적으로 좁힐 줄 안다. 퇴고를 앞둔 그 수고는 글이 더욱 좋아지면서 논지가 선명해지는 열매를 안겨준다.

중국의 시성이라 불리는 두보(杜甫)는 지은 시를 어머니에게 들려주며 반응이 있을 때까지 고치는 수정 작업을 반복적으로 했다 한다.

무쇠도 갈면 바늘이 된다. 문맥을 매번 새로 맞춰 끼어 넣는 글 쓰는 일은 고되게 힘들다. 쉽게 생각해서는 안 된다.

글쓰기는 마음을 다잡는 데서

"보잘 것 없는 재산보다
작은 소망을 가지는 것이 더 훌륭하다"
– 세르반테스

울퉁불퉁한 모과는 참 볼품없다. 그렇게 못생긴 모과를 사람들은 종종 놀리면서도 칭찬을 아끼지 않는다. 집안의 장식장 위에 얹어놓고 또는 자동차 뒤편에 모셔두는 이중성을 드러낸다. 비타민C 플라보노이드 성분이 내뿜는 향기로운 냄새를 언제까지나 맡겠다는 미소의 욕망 때문이다.

좋은 책에는 향기가 있다. 좋은 책은 화롯가와도 같은 온기가 있다. 좋은 글은 본질의 의미를 수사법으로

부각시키면서 독자로 하여금 되새김의 궁금증을 풀게 하는 질문을 유도한다.

그렇다면 독자들에게 입맛을 쓰게 하면서 자신을 돌아보게 하는 책은 대체 어떤 모양의 표지일까? 너도 나도 품행 잡는 멋으로 소장하거나, 실제로 양식을 쌓는 독서로 읽겠다며 사들고 들어온 서점 문을 나서는 덕분에 베스트셀러에 오른 그 책이 과연 독자들의 의식 가치를 보편적으로 높여주는 서적일까? 그런 책들은 한때 뜬 고춰일 뿐이지 두고두고 꺼내볼 낭만의 고전은 아니다.

시중에 모양 좋게 진열된 모든 상품에는 그때그때의 계절 시장 추세에 맞춘 상업성을 깔고 있다. 그 위세의 빛과 그림자처럼 정작 사람들의 심금을 울리는 좋은 책들은 서점 진열장에서 밀려나는 서러움의 눈물을 삼킨다. 대형 출판사들의 막대한 투자 자금이 상품으로 한껏 떠밀어 올린 이른바 쏠림 현상을 지켜만 보면서 시정 한파의 무서움을 체험한다. 생산물 상품이 네트워크 등의 경로를 통해 대량으로 팔려야 생존에 자신감의 불이 지펴지는 인공물 세상은 역시 눈에 확 띄는 물질이 좌우를 주도한다.

필자는 라디오 채널을 고정으로 맞춰둔 음악방송을

배경으로 들으면서 원고 쓰는 작업을 한다. 클래식은 잠들어있는 두뇌를 깨울 뿐만 아니라, 마른 심기에 촉촉한 생기를 불어넣어주기도 한다. 또한 치매환자들이 망각으로 까맣게 잊은 저 깊은 기억을 일깨우는 효력도 있다한다.

오래토록 대중들의 입에서 오르내리는 작곡가들은 수없이 많다. 그 인물 중에 표트르 일리치 차이콥스키 (1840~1893. 러시아 출생. 작고가·지휘자)가 있다. 동성애자였던 그의 최고의 대표작은 선율이 무척 귀에 익은 '백조의 호수·호두까기 인형'이 있다. 발레음악인 '백조의 호수'의 경우 차이코프스키가 심혈을 기우린 결과와 딴판 하게 초연 무대에서 참담한 실패를 치렀다. 이후 이 발레음악은 흐지부지 잊혔다, 차이콥스키가 죽은 뒤 안무가 마리우스 프티파의 재조명으로 1895년 1월에 진가를 인정받는 대성공의 계기를 맞게 된다.

이처럼 예술작품은 당대보다 작가 사후에 빛을 내는 사례가 수두룩 많다. 영혼을 다 바쳐 써낸 작품에 먼지만이 쌓이는 예술인들의 살아생전의 가난의 대변이 아닐 수 없어 입맛이 씁쓸하기는 하나, 정년이 없는 글 쓰는 기개를 끝까지 잃지 말았으면 하는 바람이 크다.

자신을 굳게 세워주는 반석이 하잔 다며 외면하는 불성실은 그 방면에 뜻이 없다는 반증을 나타내는 것이다. 거듭 강조지만 작은 것을 크게 보는 자는 글쓰기 소재가 될 수 있는 주변에서 일어나는 일상의 움직임을 결코 어섯눈으로 지나치지 않고 잠복으로 입력해둔다는 사실이다.

인생의 발자취를 남기는 사람은 누구나 글 쓰는 작가이다. 글쓰기에도 그 작가의 성격 반영이 들어있다. 좋은 나무에서 좋은 열매를 거둘 수 있듯이, 좋은 작가는 고루한 공감 동의의 글을 써낸다. 그러므로 좋은 작가가 되려면 좋은 문장과 눈질을 수시로 교환하면서 그 영향력을 날마다 키우는 것이 중요하다.

책 쓰는 일은 주인의식을 높여준다. 왜 살아야 하는가? 묻는 존재론을 깨우쳐준다. 글쓰기 역시도 음악에 술처럼 일찍부터 길들여두는 게 좋다. 무리한 시간 할애보다 하루에 10분씩만이라도 노력의 습작을 쉬지 않는다면 장차 방대한 분량의 원고도 능히 써낼 수 있다 믿는다. 그전까지는 밥벌이와 전혀 무관함을 명심해야 한다.

글쓰기의 지름은 많이 읽고 꾸준히 이어나가는 활동이다. 습관은 환경을 만든다 했다. 활자 중독자는 타상략(打像略) 즉, 생각의 미끼를 숱하게 던진다. 그러면서 일반인들은 그저 스쳐볼 뿐인 그 너머에서 숨쉼 하는 생물의 언어를 대신하여 문장을 간추려 책으로 엮어낸다.

글도 나의 기술적 솜씨를 담는 요리이다. 그러므로 문장 익히는 근육부터 튼튼하게 다져둬야 한다. 천재일지라도 기본적 소양이 갖춰져 있지 않다면 한 글자도 써내지 못하는 게 인간의 두뇌이다.

대필은 그 책 하나로 손을 놓지만, 본인이 각오를 다진 대로 자유자재의 자필로 쓴 명의 책은 영구한 자신의 업적으로 남는다. 그러면서 "또 써 볼까"라는 기대찬 희망을 끌어올린다.

우리 사회는 경력이 높은 사람에게 장인 정신 소유자라는 호칭을 부여하고 있다.

도리아 민족의 지배 아래 놓인 그리스의 암흑기는 수백 년간 이어졌다. 그렇지만 세월이 흐르면서 헤라클레스의 자손이라 불릴 만큼 용맹이 뛰어났던 도리아 왕조의 권력도 서서히 약해지기 시작한다. 그 원인은 문자를 쓰지 않아 문화와 지식을 후세들에게 전수하지 못했기 때문이었다. 이 틈을 노린 그리스는 기원전 700~800경에 산과 강 사이사이로 200여 개의 작은 나라들을 세워 국가의 형태를 속속 갖춘다. 바로 폴리스(아테네)이다. 폴리스는 자신들의 영토를 침범했을 당시 도리아 민족이 무기로 사용했던 철제를 녹여 농기구를 만들어 땅을 개간하여 식물재배에 나섰다. 그다음에는 문자보급에 힘을 썼다. 이 무렵에 4대 성인 중 한 명인 소크라테스(기원전 470~399년)가 등장한다.

온화한 햇살에 밝게 웃는 길가의 화초-자주 다니면 길이 된다. 순간순간의 시간이 나를 형성한다. 습관은 제이의 성격이다. 옹달샘은 매일 퍼 써야 마르지 않는다. 물은 웅덩이를 다 채운 후 앞으로 흐른다. 그 방향 선택에 따라 인류가 필요로 하는 훌륭한 인간이 될 수도, 내 배만 채우는 살생의 짐승으로 뒹굴 수도 있다.

삶의 지혜를 정중하게 키우려면 인간들의 일상사인 인문 책을 읽고, 지식을 쌓으려면 자연과학의 책을 들라는 권면을 하고 싶다.

'주홍 같은 희열에 한껏 달궈진 현숙은, 즉시 펜을 쥐어 들고 싹수의 생각을 끌어 모은다. 줄다리기가 잘될 성싶었는데, 어느 순간에 정신의 어떤 기능이 굳어버리기라도 하였는지 얼핏 떠올랐던, 조금 전 첫 단어 문장조차 머리를 싸매도 도대체 미망(未亡) 하게 짚이지 않는다. 기억력 한계인가? 필사의 배반인 주제를 잃고 뜬구름 잡기식이다. 그 어떤 중상모략에 걸리기라도 하였는지, 고통스러운 하소연이 절로 새어 나올 지경이다. 미치겠다. 비 그친 후 빛을 뿌리는 태양의 향기 같은 선동이 도대체 없다. 인체의 온기, 상처가 낫는 위안이 없다. 노력하는 훈련의 다짐이 약한 걸까?'필자의 장편소설《삶의 무지개》일부.

그렇다. 글쓰기는 머리를 쥐어짜는 자의 몫이다. 글쓰기는 마음을 다잡는 데서 싹이 트인다. 정신이 산만하거나 생산성과 거리 먼, 자신의 삶과는 전혀 무관한 텔레비전 시청에 진종일 매여 있는 사람은 집중을 요하는 글을 쓸 수 없다. 모든 일이 다 그렇듯 애쓰는 자는 그 성취에 목표를 두고 있다.

구술사회에서 구축된 문장

19세기 사람인 슐리만은 시골교회 목사의 아들이다. 그는 어린 시절에 아버지로부터 선물 받은 그림 동화책에 푹 빠져들었다. 그 계기로 실체 없던 이야기일 뿐이라는 주변 사람들의 고정관념과 달리 역사탐구에 뜻을 두게 되었다. 그의 확고한 믿음의 신념은 좀처럼 식을 줄을 몰랐다. 그때 마침 "구름 너머 멀리 그리스라는 나라엔 트로이의 흔적이 남아있다." 라는 말을 아버지로부터 들었다.

집안이 가난하여 제대로 된 교육을 받지 못한 슐리만은 가게 점원부터 배 타는 선원일까지 할 수 밖에 없었다. 그와 병행하여 밤에는 고고학 공부와 그리스어를 독학으로 배웠다. 그러한 열정의 노력으로 모은

돈으로 사업장을 열어 큰 성공을 거두었다. 그의 발길은 과거 트로이전쟁의 유적지였던 지금의 터키로 향해졌다. 그리고는 5년 만에 3천여 동안 양떼 무리를 단속하려 목동들이 누비고 다녔던 평범한 언덕과 평야 앞에서 멈춰 섰다. 그러면서 호메로스가 인류에 남긴 《일리아드》와 《오디세이아》의 이야기는 허구가 아닌 역사적 실체였음을 밝혀냈다.

피터 드러커(Peter F. Drucer)은 경영평론가이다. 오스트리아 빈에서 출생했고, 독일 프랑크푸르트 대학에서 법학박사 학위 취득 후 영국 런던으로 이주하여 경영 평론가로 활동했다. '경영을 발명한 사람' 또는 '경영학의 아버지'로 불린 피터 드러커는, 이외에도 미국 백악관-GE-IBM-인텔-P&G-구세군-적십자-코카콜라 등 다양한 조직에 근무하는 수많은 지도자들에게 직접적 영향을 끼친 인물이다. 미국 클레어몬트 대학원에 '드러커 연구소(Ten Drucer Institute)'가 세워질 정도로 유명해진 그의 업적은 《보이지 않는 혁명》책 상재 이후 전체 저서 40권 중 ⅔은 은퇴연령인 65세 이후에 쓰였다는 사실이다. 그 끈질긴 저력은 96세 나이로 세상 여정을 마칠 때까지 이어졌다. 놀라운 승리의 표준이 아닐 수 없다. 열정이 대단했던 인물이라

큰 박수를 보내지 않을 수 없다.

2020년 추운 정초부터 우리의 생활 속으로 깊숙이 스며든 코로나19로 거리는 한산하다. 확진자 수가 일천 명을 넘나드는 사회적 환경 탓에 세밑 시즌을 흥겹게 달구었던 메리 크리스마스 속 기분은 온데간데 없이 축 가라앉아 있다.

손님이 뚝 끊겨 울상을 짓고 있는 자영업자 사장들. 서울시 행정지침에 따라 오후 9시에 문을 닫고 모든 전등을 내린 백화점·대형마트. 야광이 사라진 밤의 풍경은 유령도시처럼 적막하기까지 하다. 수효가 현격히 줄어든 나들이 시민들은 저마다 마스크로 코와 입을 가렸고, 기척만 들리면 저 잡으려 쫓는 줄 아는 두려움을 앞세워 차량 밑으로 재빨리 숨어들어 이동하는 발자취 따라 눈치를 굴렸던 고양이들만이 마음 놓고 가로등 불빛이 지키는 골목을 누빈다.

악성 바이러스 전파 확충이 일상을 뒤바꿔 놓은 것은 분명한 현실이다. 집밖 출입이 자유롭지 못하여 일정이 취소된 송년모임 대신 눌러앉은 소파에서 전화기 음성으로만 안부를 전하게 된 갑갑한 통제는 큰 손실을 입은 양 허망하기 그지없다.

시간적인 여유로 가정의 안녕과 품위를 유지하려

매일 아침에 출근했다, 저녁에 돌아와 일정 피로를 풀었던 나의 집을 모처럼 찬찬히 둘러본다. 무료를 달랠 겸 바깥바람 쐬러 베란다로 나온다. 그 한구석에서 눈에 퍽 익은 벵골 고무나무 화분을 새삼 발견한다. 며칠간 이어진 -10도 안팎의 이른 한파에 얼어 죽었는지 입새가 바싹 말라있다. 언제인지 기억이 없는 일광을 쐬게 하려 내놓은 것을 까맣게 잊고, 방치 아닌 방치로 내버려 둔 탓이다. 뿌리를 묻고 있는 흙에도 수분기가 메말라있다. 얼른 따뜻한 거실 안으로 들여놓고 목도 축여준다.

극장 영화 한편도 마음대로 볼 수 없도록 발길을 붙들어 맨 코로나는 운신의 폭을 상당히 좁혔다. 운동부족의 감옥살이를 긍정적으로 받아들인다면, 알게 모르게 잃어버린 자신을 돌아보면서 진 빠진 기력을 충전하라 이르는 시간일 수 있다. 한 발 더 나가 '네 생각을 내놓으라.'라는 채근에도 할 말이 없어 얼버무렸던 그동안의 어설픔이 무엇인지를 헤아려 끝소 없는 찐빵 속을 채우라는 우애어린 속삭임일 수도 있다.

코로나와 사투를 벌이는 전 세계인류가 그 대처를 어떻게 하든 시간은 무심코 흘러간다. 하릴 없이 시간을 보내는 일만큼 지나한 지루는 없다. 노는 이 염불

왼다고, 그마저도 준비를 전혀 갖추지 못한 사람에게는 주어진 긴 시간은 더더욱 망연하여 심장을 옥죄이는 고통의 곤욕이 클 거라 사료된다.

결핍된 아픔이 없으면 문제 해결은 없는 법이다. 사람에게는 할 수 있는 일과 할 수 없는 일이 있다. 인간은 할 수 있는 일을 해야만 성취감이 높고, 고개부터 먼저 젖는 일에는 능률이 오를 리가 만무하다.

필자는 오늘도 코로나 유행과 무관하게 글 쓰는 작업을 지속하고 있다. 날로 단어 선택이 폭넓게 자유로워 문장에 문장을 잇는 작업이 한결 수월해졌음을 인지한다. 얼마나 감사한지 모른다. 행복이 넘쳐흐른다.

〔 제목: 겨울 〕

"한 칸 내려쓰고 이름도 칸에 넣고 내용 첫 글도 내려 쓰지 못한 원고 쓰기 법 잊은 점 아쉽습니다. 그리고 '부러 오는'(불어오는)문장도 틀려 장원 기대 내년으로 미뤄졌네요."

원고 작성법과 문법이 틀려 낙심에 쉬 잠기는 예비 작가들은 경험 부족의 미숙으로 해야 하나, 집어치워야 하나? 진로의 갈등에 곧잘 직면한다. 발뒤꿈치·발목관절 주위·대퇴관절 부위로부터 일어나는 청소년기 성장 통 현상이다. 인생은 크고 작은 고통으로 가득 차있다. 전제가 성립되어 있지 않으면 앞서 문장이 담고 있는 단락의 내용과는 무관하다.

손아귀에 쥐기에는 아주 불편한 울퉁불퉁 못난이 돌멩이도 오랫동안 미주알고주알 갖고 놀면 차돌멩이처럼 반질반질해진다. 마찬가지로 생소한 단어도 계속 되뇌면 혀에 붙게 마련이다.

층이 높이 오를 신축 건물일수록 기초공사 다지는 기간이 길다. 건축기술도 상당히 발달하여 진도6·3쯤의 지진에서는 끄떡도 하지 않게 되었다.

사람의 살피 속을 파고들고 피를 빨아먹는 거머리는 무척추동물이다. 작은 개미에게 충분한 시간을 주어봐라. 그리하면 제주도 한라산도 허물리라.

니체 또는 루소 같은 철학자들은 메모지와 펜을 항상 소지하고 다니면서 떠오른 글을 기록해 뒀다, 정리(政史)를 거쳐 전체 문장을 완성했다 한다.

언어를 다루는 글쓰기 작업은 무(無)의 세계를 유(有)의 세계로 살려내는 역할을 맡고 있다. 책은 그 저자가 갈고닦은 지식의 산물이다. 그래서 작가들은 책 출간을 핏줄 자식 출산이라 표현한다.

오랜 역사를 자랑하는 종이책도 현대의 소셜미디어처럼 매체의 본분을 갖고 있다. 매체는 말을 글로 옮겨 담는 구조로 짜인다. 의식 자체가 다른 구술들을 재구조로 엮어 보다 현실성을 드높여 준다. 그러므로 글은 항상 현재인구술사회에서 구축된 습관으로 짜맞춘 인공에 가깝다.

　책 읽는 독자들은 공감을 얻었다 싶을 때 좋은 책이라고 소개한다. 글 쓰는 작가의 내면의 통찰에서 탄생된 작품이 책을 읽은 독자들과 유사한 감정을 나눠 갖게 된다면 그 작품은 성공한 거나 진배없다.

우리는 살고 있다.

       모든 언명에는 그 언명을 떠받치는 전제가 있다. 바야흐로 초 연결 디지털 언택트 시대이다. 너나없이 자신을 알리는 글을 SNS에 올린다. SNS 글은 문서 쓰기의 작품이 아니다. 짧고 간결한 자기소개에 불과하다. 어찌 보면 학교 동창, 사회 친구 또는 계 모임, 직장동료, 상거래 간에 소통 경로인 블로그나 밴드, 카카오톡에 안부 글을 올리는 것이 문장을 다지는 첫 출발일 수 있다. 작가 지망생들에게 적극 참여를 권장한다.

"내용이 너무 길어 동시가 될 수 없는 작품이네요. 동시는 글자 수를 최대한 줄여야 해요. 내년을 기대할

게요."

    그렇다. 동시는 개성의 골격이 덜 여문 어린아이들을 대상한 글이므로 몇 자 수이면 족하다. 마찬가지로 SNS에 올리는 글은 위 사례처럼 간단명료할수록 주목도가 높아진다. 3초 만에 긍정의 고개를 끄덕이게 하는 매체가 바로 SNS 글이다. 직관적 교훈이 효과적이라는 뜻이다.

    크리스토퍼 존슨 시카고 대 교수의《마이크로 글쓰기》에 따르면 "과거에 사람들은 학교나 직장에 제출해 평가받는 글을 많이 썼지만, 지금은 소통하고 즐기고 설득하고 주목받기 위해 글을 쓴다." 했다.

    한 모금의 물을 마실 적마다 하늘을 쳐다보는 병아리처럼 사유를 담아 찬찬히 곱씹게 하는 맛보다 섬세한 표현과 다양한 수사법이 동원된 묵직한 고전 글보다 즉각적 반응을 불러일으키는 간결한 내용이 보편적 문장이다 해석이 가능하다. 사실 필자도 SNS의 글 내용이 길다 싶으면 버거운 부담부터 들어 올리는 성향이 있다.

    "총알 없는 총은 쏘지 마라." 동기부여가인 브라이언 트레이시의 말이다. 탁상 공로로 아무리 떠들어봤자 실천이 없을 바에는 그 그림 안건은 아예 책상에 올리지 말라는 말과 맥락을 같이 하는 뜻이 담겨있다.

우리는 미술은 물론이고, 소설도 쓰는 인공지능(AI) 시대를 살아가고 있다. 인류가 지금까지 다져온 수많은 일자리가 인공지능에 빼앗기고 있다. 그 만능 기계를 첨단 기술로 개발한 인간은 그 관리를 사(士) 인처럼 하면 된다. 저 먼 옛날에 수염 긴 촌장이 하늘 천 따지~로 글을 깨우쳤던 농경시대가 아니라, 지구에서 까마득히 먼-태양계를 타원형으로 돌때 근일점 계산으로 대략 54,600,000KM(54.6백만 KM)인 화성까지 우주선이 날아가 로봇의 손을 이용하여 환경 및 지질 탐사를 벌이고 있다. 일주일의 시간이면 도달하는 달은 그보다 더 빠르게 인간들에 정복되어 계수나무와 방아 찍는 토끼가 산다는 동화의 전설을 산산이 깨고 말았다.

과학은 육신보다는 영혼이 인간의 본질에 가깝다는 종교계 주장을 일거에 뒤엎어 놓았다. 정신과 영혼은 뇌에서 이뤄지는 화학작용일 뿐이라는 논리를 세상에 퍼트렸다. 탐욕의 그 과학이 지구 밖 우주개척에 열을 올리고 있다. 그렇다고 모든 지혜와 조언이 담긴 인문까지 물질은 문명에 큰 발전을 끼친다는 과학에 내맡

길 수는 없는 노릇이다.

인간은 생각의 자유로 사고의 감정을 키우는 온기 생물이다. 온기는 사람을 사람답게 키우는 정서이다. 다시 말해 인간은 언제까지나 김이 모락모락 피는 따뜻한 밥을 먹어야 일상생활이 비슷한 이웃들과 자연스러운 교류를 나누는 존재라는 것이다.

세상 사회는 세상 사회대로 양적으로 팽창하고 있다. 푸른 풀밭의 그리움에 잠겨 들 틈새 없이 시스템에 따라 통제되고 집합된다. 어지럽다. 그 가운데서도 정담의 상징인 인문학이 사람들의 정신과 마음을 끈끈하게 어루만져 주고 있다.

인문은 작품을 쓰려는 작가는 특히 더 그렇지만, 사람들의 생각과 몸짓 반응을 살피는 기구이다. 글귀가 짧은 시문이라면 누군가가 곡을 붙여 함께 노래를 부르는 게 인문이다. 그런데 그 속에 이방인일지라도 이젠 낯설지 않은 기계문명이 우리의 인간생활 한복판에 끼어들었다는 사실이다.

소와 말이 다른 점은 범람하는 물살에서 나타난다. 수영을 제법 하는 말은 물살을 거슬러 오르나, 수영을 할 줄 모르는 소는 물살에 그냥 떠내려간다는 것이다.

세상 참 편해졌다. 연탄-석탄난로로 겨울 추위를 녹

였던 50-60년 전 시절에 여성 교환이 연결해 준 저편 수신자와 통화를 나눴던 그 전화기 한 대로 세상의 모든 정보를 접하게 되었으니 말이다.

손아귀에 쥔 핸드폰이 스마트폰으로 전환하면서 말이 곧 문서가 되는 시대를 우리는 살고 있다. 스마트폰으로 글을 쓰는 사람을 일컬어 엄지 작가라 한다. 한 줄 쓰고 두 줄 지움이 폭넓게 수월한 재래의 종이 원고에 비해 화면 크기가 작아 문맥 잡는 시야가 좁아지는 것 사실이나, 길을 걸으면서 또는 일을 하다가도 불현듯 치솟은 문구를 예비로 저장하는 이점은 상당하다. 큰일은 작은 일의 시작에서 비롯된다.

독서는 영감을 끼친다. 예비 작가든 신인작가든 기성작가든, 글을 쓰면서 유혹에 빠지는 경우가 종종 있다. 다른 저자의 책을 읽다 작업 중인 일과 연결해 맞추려 착용한 그 글귀를 자기 문장에 끼어 넣었을 때이다. 표절이다. 지식 도둑이다. 어느 누가 정보 바다인 인터넷에서 잘 알려지지 않은 시 한 편을 공유로 다운받아 몇 자 수정을 거쳐 자신의 블로그와 사회 관계망 서비스(SNS)에 올렸다 하자. 창작물 저작권으로 정당했을까?

그는 SNS에 시를 곧잘 올리는 시인이다. 어느 한

날 시인은 다른 블로그에 실린 글을 들여다보다 낯설지 않는 시를 발견했다. 눈을 비비고 재차 읽으면서 자신의 시어의 문맥과 거의 일치함을 알아차렸다. 그는 이 사실을 경찰에 신고했다. 필명 자는 결국 법정 재판에서 유죄(벌금형) 선고를 받았다. 법원이 인용한 판결 내용은 "순수 창작물인 것처럼 블로그에 게시함으로써 저작권을 침해했다."였다.

지금은 노년층까지 SNS으로 비대면 불특정 인맥들과 교류를 나눈다. 그러면서 다른 사람의 글·사진·파일 등을 자신의 블로그나 인터넷카페에 무단 옮겨 건수를 늘리곤 한다. 통계에 따르면 대체로 비영리 게시판에서 발생한다. 저작권침해에 해당되는 불법이다. 이러한 저작권 위반으로 수사를 받는 숫자가 무려 2만~3만 명에 달한단다. 저작권법 위반은 최고 징역 5년 또는 벌금 5000만 원의 처벌이 내려진다.

'저작권이란'저작물을 창작한 저작자의 권리를 말한다. 저작권법에서는 저작물을 '인간의 사상 또는 감정을 표현한 창작물'이라고 정의를 내리고 있다. 구체적으로 소설·시·논문 등이 이에 적용된다. 음악·미술·영화·건축·사진·도형·컴퓨터프로그램 역시도 이 범주에 포함된다.

유념을 기울여야 할 또 하나의 경종은 유명 작가의 작품이나 저작권 등록을 마친 창작물만 저작권 보호 대상이 아니라는 점이다. 초등학생의 일기라 할지라도 독창성이 있다면 저작권이 부여된다는 사실이다.

훌륭한 작품 추천은 소설의 경우 군더더기 없이 구성 내용이 일편 하게 탄탄한 것이고, 시의 경우는 언어의 전의 즉, 한 구절의 시구에서 신비의 은유로 내포한 그 사물의 그림이 절로 그려지게 하는 것이다.

이 높은 경지에 오르려 오늘도 피 말리는 견지를 잇는 작가 여러분, 이런저런 귀찮은 방해 거리 환경에서 시달림 받지 않으려면 자신만의 실력으로 작품을 남기는 것이 최고의 달콤 쌉싸래한 미각임을 명심합시다.

책 제목 선택

하루하루 여정 어느덧 세밑 자락에 다다랐다. 갈지자걸음이었든, 좌우로 치우치지 않았다는 정중의 걸음이었든, 지나온 나의 발자취 일 년은 2021년 길목 위에 그대로 찍혀서 남아있다. 하늘이 두 쪽으로 갈라져도, 산천이 바뀌어도, 바람이 휩쓸고 지나도 나만의 인생 자취는 영원히 지워지지 않고 추억으로 새겨져있다.

필자의 오늘 아침 맏이 기분은 '아무것도 주지 않고, 아무도 알아주지 않는 골방 글쓰기 끝내고 개미투자자로 펀드에 뛰어들어 저축해둔 적은 돈 불려볼까'에 몰입되어 있었다. 고질적인 생계문제 건 해결책이 좀처럼 내다보이질 않는 깊은 암울 감에서 벗어나고 싶다는 소망의 반영에 따른 염세적 생각을 가졌었다. 일에 매이면 세상만사가 모두 일감인 희망의 고문에서 그만 벗어나고 싶다는 심경의 읍소였다.

그 몇 분 지나지 않아 컴퓨터를 열어 다시금 글쓰기 작업을 하고 있다. 그러면서 나의 글쓰기는 의무인가? 아님 명예 좇음인가? 생각을 거듭하다 '습관에 길들여진 인간성은 어쩔 수 없다.'에서 멈춰 세웠다. 이어 '국민적 독서열이 날로 식어 작년 성인 기준 7·5권이라는 척박한 핍박에서 나의 설자리는 더더욱 매혹이 사라졌다.'라는 비관적 회의감을 몇 초간 서글프게 머금기도 했었다.

"해 아래서 수고하는 모든 수고가 사람에게 무엇이 유익한가."성경 전도서의 한 구절이 새삼 가슴에 맴도는 가운데, 이월의 봄의 단어를 떠올리며 새순의 기운을 애써 부추긴다.

우리는 볼거리와 즐길 거리들이 넘쳐나는 시대를 살아가고 있다. 텔레비전의 박수갈채 요란한 가요와, 드라마 프로·인터넷 게임·극장 영화·운동장의 각종 스포츠·밤낮 잃은 현란한 실내외 전광판 광고 등의 상업판이 우리의 정신머리를 혼란스럽게 하고 있다. 과잉의 물량공세는 우리에게 배부른 환상에 빠져들게 하고 있다. 이속에서 인격 체계의 미약에 맞추어 심성이 여린 글말의 씨앗을 갓 뿌리기 시작한 예비 작가로써는 정체성을 잃게 되기 마련이다. "다만 신록의 상상 세계 시들지 않게 하소서."라고 올리는 소원의 기도와 충돌하는 대립각을 가슴을 치며 겪게 된다. 존재감의 몸부림이다.

낯선 것은 신선하다. 선물을 받았을 때 내용물보다 겉포장에 관심이 더 끌릴 때가 있다. 누구는 그 멋진 포장상자를 아끼는 소중한 물건들을 보관하는 보물상자로 모셔두기도 한다. 선물은 관계를 돈독께 한다. 작가는 자신이 쓴 책으로 독자들과 인사를 나눈다. 그 책의 처음 얼굴은 표지 제목이다. 한데 독자와 가까워지는 유일한 경로인 그 형용의 절충이 쉽지 않다는 점이다. 독자의 속을 들여다본 적도 들어가 본 적도 없는 생면부지 독자들의 마음을 어찌 헤아릴 수 있단 말인가? 속마음을 읽을 수 있단 말인가? 과거 시대 제사장들이 청동거울을 통해 미래를 내다봤던 예언자라면 모를까 한 자리에서 눈을 맞추며 나누는 대화라면 모를까 이조차의 면식도 전혀 없는 독자와는 실상 거리가 멀 수밖에 없다.

상(相)에는 눈에 보이는 것과 보이지 않는 것이 있

다. 그 사람의 눈빛, 웃음소리에 맞춘 판단이 눈에 보이는 예이다. 관상학의 기본은 균형과 조화다. 얼굴이 작은 사람은 눈·코·입이 작아야 균형의 조화가 잘 이루어진 것으로 볼 수 있다. 반대로 얼굴 큰 사람의 눈·코·입이 작다면 균형의 조화가 맞지 않아 아름답지 못하다. 결론적으로 말해서 내용의 함축이 강한 좋은 책 제목은 독자들의 시선을 끌어들인다는 것이다.

필자가 제목에 이끌려 손에 들었던 책 몇 권을 소개한다면 문학 분야에서 레프 톨스토이의 《부활》과 심훈의 《상록수》이고, 최근 도서관에서 3주(연장) 일정으로 빌린 《미래 인문학》「을유문화사」와 노숙인들에게 밥보다 일어설 용기와 삶의 이유를 묻게 하는 인문을 가르치는 과정을 담은 《거리의 인문학》「㈜도서출판 삼인」이다.

여러 권의 책을 낸 바 있는 필자는 거의 소제목에서 표지 제목으로 끌어올리는 편이다. 내용과 적절하게 부합된다 싶으면 "당신께서 이번에 읽을 책은 이 책입니다."라는 소개 형식으로 첫인상의 제목을 정하는 편이다. 예, 《인적이 끊기면》시집 《푸른 영혼의 지혜》시집.

창업(創業)보다 수성(守成)이 어렵다는 말이 있다.

제목(간판)은 어떤 내용(업종)인지를 미리 들여다보게 하는 안목의 선별이다. 어떤 독자는 자신의 주제(콘셉트)에 맞추어 설루션(solution:사전적 의미 해결책·방안·해답·해명)을 확실하게 제시하지 않는 대신 공감 형 제목이 붙은 에세이에 접근하여 손을 댈 것이고, 인문 탐구의 독자는 시나 소설책을 집어 들 것이다. 잡식성 독자, 또는 한가한 무료를 달래 줄 내용을 찾는 독자는 왠지 모르게 끌리는 제목만을 보고 지갑을 열기도 한다.

도서관이나 서점마다는 장르 별로 책을 비치하고 있다. 그중에 내용의 글과 맞지 않거나 흉내만 살짝 비친 제목의 책을 간혹 접할 때가 있다. 눈속임이다. 경제를 다룬 책이라면 당연히 경제에 걸맞은 제목을 걸어야 이미지 부각이 한눈에 잡히는 것이 아닐까.

확실하게 정해지지 않은 제목을 임시, 즉 가제(假諦)라 한다. 머릿속에서 굴려두고 있는 가제 단어 수는 3~5개까지 정도가 적당하고, 그 수를 넘어가면 옳고 그름의 판단은 난해에 빠져든다. 고려할 점은 그중에 조합의 핵심을 둔 하나를 고를 시에는 지은이의 입장을 떠나 내 책을 읽어줄 독자 편에 서서 고민의 융합을 정하라는 것이다.

제목의 범위가 넓지 않으면서, 어려운 단어가 아닌

쉬운 단어이면서 독특한 느낌을 주는 제목이 적합하다. 속 내용의 문장 기술은 뛰어난데 첫 대면인 제목에 심기가 거슬려 선택의 기회를 놓치는 경우가 보이지 않게 다반사로 발생하기 때문이다. 책을 팔아야 밥을 먹을 수 있는 작가로서는 속 쓰린 손해가 아닐 수 없다.

마주하게 되는 개체 별 상황은 현실적 구체이다. 필자는 마땅한 제목이나 문장이 떠오르지 않으면 신문이나 책을 뒤척거린다. 라디오 아나운서의 말도 새겨 듣는다. 그러면서 낯선 단어나 누가 기자회견에서 한 말의 언어를 재빨리 메모했다 문장에 삽입하여 전후 문맥을 보다 완충한다. 일종에 사회성 언어 발굴이다.

글을 쓰는 작가들도 원고 작성법을 모르는 사람들 수두룩 많다. 제목 글귀는 본 내용보다 포인트가 커야 하는데 속 내용과 똑같이 10-11포인트로 올리는 경우가 부지기수다. 취미 삼아 쓰는 수준인 이런 사람의 글은 보지 않아도 뻔하다. 띄어쓰기와 부호는 물론이고 문장도 엉성할 거라는 판단이 앞서진다. 기본의 단어도 안 갖췄다는 느낌이 지워지지 않는 이유이다.

인간의 삶과 제도에 근본적 고민을 하게 만드는 인문은 다양성을 추구한다. 감정에는 전염성이 있다. 나의 기쁨은 타인도 웃게 만든다. 제목을 정하는 데 있어서 우선은 자신부터 고양이 높아야 한다. 흐름이 없거나, 기계적인 걸림이 있다거나, 짓눌리는 느낌이 있다거나 아무튼 자신부터 믿음이 썩 가지 않는다면 제쳐두고 다른 제목을 찾아야 한다.

"그때 그런 글을 본 적 있는데 그 책 제목이 뭐였지?"

그 당시 사정상 미뤄둘 수밖에 없었던 책 제목 기억은 구매 목록에 다시 넣었다는 뜻이다. 깊은 인상을 남겼다는 뜻이다.

첫 머리 문장

서막은 시작을 알리는 도입부이다. 설레는 마음을 다잡고 어떻게 전개될까? 상상의 그림을 그려 보게 하는 독자들이 한 발짝 들인 첫 장을 열고 읽어 나갈 도입부는 문서를 소개하고 가장 중요한 부분을 요약하는 역할을 맡고 있다. 도입부는 또한 목차와 첫 문단보다 앞에 있는 단락이다.

도입부 다음으로 넘어가는 페이지 순서는 목차이다. 목차는 작가의 재량으로 구성하여 엮은 글의 흐름이다. 책의 설계도에 해당되는 목차 짜기는 얼개 짜기와 맥을 같이 한다. 책을 많이 읽는 달인의 독자들은 솔직히 제목이나 디자인에 현혹되지 않고, 속 내용의 감을 어느 정도 잡을 수 있는 목차와 머리말부터 살핀다. 그러면서 읽을지 말지의 여부를 가린다.

'태초에 하나님이 천지를 창조하시니라.'성경 창세기 첫 문장 대목이다.

'새해 벽두부터 밀어닥친 소한(小寒한파는 뼛속 깊이까지 얼어붙게 하였다.'필자의 첫 장편소설《방황하는 영혼들》의 첫 머리글이다.

"나는 인문학에 문외한이다. 나는 단지 책을 좋아하고 글 읽는 것을 좋아할 뿐이다. 논문 같은 학술 서적은 잘 읽지 않는다. 역사책이나 철학 책도 가벼운 것을 주로 읽고, 특히 소설을 즐겨 읽는다. 그런 의미에서 내가 인문학 강좌를 시작한 것은 소 뒷걸음치다가 쥐 잡은 것처럼 얼떨결에 예상하지 못한 일이 일어난 셈이다." 《거리의 인문학》(임영인 전 성 프란시스 대학장)의 '한국형 클레멘트 코스의 탄생'서문 인용.

작가는 각고의 노력을 기울여 책의 첫 문장을 연다. 첫 문장에는 미리 보는 배경의 의미가 숨겨져 있다. 탄탄한 문장에는 탄력이 붙어있다. 역으로 첫 문장이 약하면 이끄는 힘도 당연히 시들할 수밖에 없다.

첫 문장에서 독자의 눈길을 사로잡아라. 말하자면 도발적-강렬한 문구로 이목을 끌어들여 다음 문장을 원류의 연계로 읽게 하라는 뜻이다. 위 글은 누구에게

나 적용되지는 않으나, 생김새가 독립적으로 유별난 사물에게는 자꾸 눈길이 가듯이, 도식적이지 않고 새로운 정보를 줄 것 같다는 인상을 짙게 풍겨야 독자로부터 선택받을 확률이 높다는 것이다. 필자가 이 상호작용에 따른 기분에 사로잡혀 밤을 새워가며 읽은 책이 있다면 새파란 젊은 시절의 저편이라 기억은 가물가물 희미하나, 아마도 조선 명종 때 황해도 지방의 백정 출신 도적 이야기를 담은 《임꺽정》(홍명희 작)인 것 같다. 소설의 재미를 만끽하며 완독을 했다.

축(筑, 현악기 일종)은 음악예술가에 해당된다. 좋은 기분은 에너지를 생성한다. 그 기분을 살려 실체를 세우는 분야를 밀고 나간다. 동시에 불가능을 뛰어넘는 실력을 발휘하기도 한다. "첫 문장 쓰기가 두렵다"라는 말을 곧잘 내는데 대중을 향한 강박이 주관을 누르고 있기 때문이다. 들고 있는 짐이 무거우면 몸이 힘든 것과 똑같다.

자신의 확립 주체가 약한 독자는 사회적 성공을 거둔 그 누군가처럼 나도 잘나가는 사람이 되고 싶다는 소망을 품는다. 그 인성을 길잡이로 인도하는 것이 책의 첫 문장이다.

현대사회를 지식 기반 사회라 한다. 편집자는 첫 문

장을 보고 덮는다. 시장성이 떨어진다는 반응이다. 우리 국민의 교육수준은 상당히 높다. 그 바탕에서 꾸준한 독서로 교양을 쌓은 독자는, 새로운 지식이 아닌 이상 가르침을 달가워하지 않는다. 그들은 사회 전반에 대한 경력과 지식을 고루 갖춘 중추 사람들이다. 또한 나 외에 다른 사람들의 삶은 어떠한가? 에 지대한 관심을 두고 있기도 하다. 다른 목적의 이유도 있겠으나, 일단 독자가 책을 구매하는 까닭은 이 때문이라 짚어본다.

인문의 대상은 결론적으로 인간의 삶이다. 인문의 근본적 총체는 전체를 바라보는 철학적 관점에 닿아 있다. 빗물 고인 웅덩이에 파란 하늘이 내려앉은 그림을 보게 하는 여유가 인문이다. 어깨에 걸린 공중제비를 길동무로 삼아 여정을 잇는 나그네를 그려내는 것이 인문의 착상이다. 더위도 추위도 피안(彼岸:해탈한 후의 내세)까지라 하지만, 인문은 저쪽 언덕 윤회의 세계에서도 수행을 지속하여 열반에 든다는 장면을 자유자재 솜씨로 발휘하는 창의의 장점을 가지고 있다.

필자도 남들에게 뒤처지지 않으려면 각오를 다져야겠지만, 인류는 인공지능 시대로 이미 접어들었다. 인간이 인공 로봇과 분리되는 까닭은 지능과 생각의 두

영역을 오랫동안 학습적으로 다져뒀기 때문이다. 한데 인간이 발전시킨 과학에 의해 조종되는 로봇이 인간의 그 영역을 넘보고 있다. 그럼에도 낙관은 잘 짜인 알고리즘의 지능에는 인간처럼 온기가 흐르는 따뜻한 몸체가 아닌, 데이터에 의존된 기계일 뿐이라는 것이다. 인간은 문명사회의 주인이다.

알베르트 아이스타인은 이런 말을 남겼다. "인간 능력의 최상위에 있는 것은 직관이다." 이 말처럼 인간은 몸소 체험으로 터득한 삶의 감각·연상·판단·추리 따위를 즉각적으로 답변을 낼 수 있는 직관을 소유했기에 만물을 다스리는 능력이 탁월하다. 이른바 통찰이다. 통찰은 보통 사람들로서는 생각해 낼 수 없는 본질적 뿌리까지 뚫어보는 식견을 말한다. 통찰과 직관 모두는 내적의 영역이다. 그렇지만 통찰이 직관과 성향이 다른 점은, 통찰은 경험의 바탕에서 축적된 깨달음에서 나온다는 것이다. 구체적 이해는 통찰은 관찰을 통해 "그것은 이렇다 저렇다"라는 말로 답변을 내나 직관은 "딱 보면 안다."라는 즉답을 낸다.

그늘도 인생이다. 일자리를 잃고 소일거리 없이 사는 것도 삶의 체험이다. 모르는 길은 멀다. 그러나 실생활로 들어가면 퍽이나 낯익은 길이 된다.

경제적 기준으로 비춰볼 때 글쓰기는 효율성이 크게 떨어진다. 밥값도 벌지 못하는 거지 취급당하기 일쑤이다. 사실 창작 계열인 예술 전반의 속사정을 들여다보면 자유의 저주라 할까? 끼니 거르는 가난한 이들이 참 많다. 이름 석 자가 하늘 높이로 뜨기 전까지는 꿈과 전혀 무관한 다른 일로 생계를 꾸려야 하는 처지이다. 삶의 끝자락을 붙들고 엑스트라에 빌붙어 찬밥 신세만은 겨우 면하는 신세이다. 존재와 무관하게 넘어지기 십상인 계층이다.

"절망만이 인간을 구원할 수 있다." 테어도어 아도르노(Theodor Wiesen grund Adorno)의 말이 새삼 귀를 때린다.

세상을 바라보는 안목을 일깨우는 독서는 줄거리 추적이다. 인간이 인간다워지는 선용의 생성이다.

"언어는 존재의 집"이라고 마르틴 하이데거는 말했다. 사람이 드나드는 어느 곳이든 서로를 보듬는 생명의 언어가 있다. 그 교류를 넓혀주는 언어가 독서이다. 그 언어를 글로 옮겨 쓰는 글쓰기는 사색의 근원이다. 기억을 더듬는 성찰의 도구이다. 누구에게는 힘든 삶의 극복이 될 수 있다.

한번 본 영화를 어찌하여 두 번째로 보게 된 사람

이 극장 의자에 나란히 앉은 일행에게 상영 중인 전말을 설명 조로 미리 소개한다면 누구든 시끄럽다 밉쌀을 짓는다. 마찬가지로 독서는 답을 요구하는 지나한 설명이 아니라, 스스로 그 속내에 감추어진 의미를 캐 들어가게 하는 유도이다. 설사 먼저 책을 본 누구로부터 줄거리가 이러저러하다 대략적 얘기를 들었다 할지라도 자신의 두 눈으로 직접 통독하지 않은 이상은 전체 내용을 이해했다고 볼 수 없다. 자신의 주체적 노력으로 외연을 넓혀야지 남이 들려준 얘기로 한 권의 책을 뗀다 한다면 자신을 속이는 식상의 원인이 될 수 있다.

어떻게 쓸까?

5세경부터 작곡을 쓰기 시작했다는 신동 모차르트는 과연 천재 중에 천재이다. 그러나 매일 매일의 노력으로 실력을 쌓아야 하는 우리 같은 보통 사람은 처음부터 쓰기 기술을 익힌 사람은 아무도 없다. 제목 고르기가 쉽지 않다는 절실한 하소연부터 새어 낸다.

만물은 서로 가르침을 주고받는다. 모든 대상은 나름의 이야기 소재를 안고 있다. 소재를 안고 있다는 것은 생김새에 따른 제목도 동시에 안고 있다. 이러한 관계는 글쓰기와도 밀접하게 닿아있다. 그 이름을 짓는 감각의 색상은 저마다 다르기에 주체가 중요하다. 주체란 나의 삶의 주인은 나뿐이라는 것이다.

시간을 좇으면 헤매는 갈팡질팡은 자욱 안개에 가려진 문장 도입부의 실마리를 잡아채겠다는 의지이다. 오도 가도 못 하게 된 수렁 한복판에 빠져든 발목을 빼내려는 허우적거림은, 상상력 자극에 따라 다가오는 불확실한 존재감을 어떻게든 알아내고야 말겠다는 의기이다. 모두 다 자신을 지나치게 확대하려는 압박이 부른 함정이다.

허기를 느껴야 그 해소를 위한 음식물을 찾듯이, 글쓰기 역시도 욕구가 당겨져야 펜을 들게 된다. 사람에게는 두 부류의 인물이 있다. 앞에 놓인 밥으로만 사는 육의 사람과, "이 땅에 신의 나라를 세우소서."라는 기도만을 날마다 올리는 영혼 자이다. 전자의 일상 용언은 "밥 먹었니? 건강 어때?"이고, 후자의 용언은 "산소가 맑은 자연에서 새로움을 배우라."에 모아져있다. 삶의 이해는 저마다 다르다. 그러므로 둘러싸인 환경에서 바라는 언변이 갈리는 건 너무나 당연한 현상이다.

아는 만큼 보인다고 했다. 글쓰기에서 유리한 위치는 심신 안정이다. 안정은 멀리 내다보는 안목을 가지고 있다. 창가에 앉아 아지랑이 모락모락 속에 봄이 새록새록 피어오르는 바깥세상을 공정한 눈초리로 간추

려 기억에 입력해 두는 포착이 심신 안정이다. 그러면

"나를 넘은 우리

화기애애하다

나를 넘어 봄 피는 산 바라본다.

흰 구름 몇 조각

노래 흐르는 시냇물 건너

나비와 함께

농기구든 농부 등 떠민다."

시구가 절로 읊어진다.

글쓰기는 단어에 단어를 쌓는 지순한 작업이다. 문맥에 문맥을 엮는데 절대적 힘인 단어는 문장의 밑절미이다. 일상에서 흔히 쓰이는 말과 문법에 맞춤법을 잘 구별해 내는 것도 작가의 눈썰미에 의존되어 있음을 명심하자.

자율신경이 흩어지면 혈압이 오른다. 자율신경의 조율은 건전한 이성에서 다뤄진다. 실패는 신중을 기하게 한다. 설익은 밥은 생쌀을 씹는 거나 다를 바 없고, 살얼음판은 쉽사리 깨진다. 항상 새로운 것을 갈구하는 글쓰기도 실생활에 바탕 둔 살림에서 우러나야 공감이 넓은 참다운 맛을 풍긴다.

읽기가 쓰기를 키운다 했다. 글쓰기에 호흡의 목적을 걸어둔 자마다 펜을 들어 글을 쓴다. 머리를 굴려 사유하는 자는 손목을 움직여 원고 량을 알음알음 채워간다. 문장이 정확하여 누구나 읽기 편한 글이 좋은 책이나, 그 흉내라도 내보려 책상 앞에 앉으면 탁 막히는 것이 글쓰기 작업이다. 나이 어린 동자승이 마지못해 불경을 외웠긴 하였으나 책을 놓자마자 개구쟁이 놀이를 하면서 까맣게 잊듯이, 아직은 습작이 체질에 배지 않았기 때문이다. 읽는 것만큼 익숙함에 젖어 있지 않았기 때문이다. 군불을 꺼트리지 않는 지속성 유지가 중요하다. 그러나 아무나 자본주의의 불온(不穩)한이라 일컫는 산을 넘나드는 것은 아니다.

글은 그 저자의 투영이다. 때로는 그 인성과 전혀 딴판인 글을 쓰곤 하지만, 그렇다고 별개로 분리할 수는 없다. 자신의 이야기인 수필-산문과 달리 허구로 쓰이는 소설의 경우 저자 자신의 숨겨둔 이면일 수 있기 때문이다. 그러므로 현실과 동떨어진-예컨대 추운 겨울은 싫다면서 여름철에 크리스마스 추리 장식을 그려내는 창작예술은 그 저자와는 별개일 수없이 그의 몫이다.

어떻게 쓸까? 이 답변은 꾸준한 정진으로 내밀화된 혼연일체의 흡족한 감동에 들뜬 경지에 섰다 했을 때까지 가슴속 유구무언으로 남겨둬야 하지 않을까?

글을 잘 쓰는 법 정말 있기는 한 건가? 주제와 소재를 정하는데 규범은 정해져 있는 걸까? 용도와 목적을 두고 책을 읽는 사람들의 성향은 제각각이라, 이에 대한 공식 정답은 '아니오!'로 정리하고 싶다.

만일 국가나 조직을 갖춘 문단 세계에서 틀을 정해놓고, 이 링 안에서만 글쓰기를 해야 한다는 획일적 규격이 있다면, 이는 자유로운 창작의 작품이 될 수 없다. 글 쓰는 작가마다 방향성 주제가 다르고, 좋은 글의 조건은 독자들의 입맛에 따른 편차로 나타나기 때문이다.

글쓰기는 생각을 담는 기록이다. 자신이 틀을 잡고 형성을 완성한 글은 자신이 먼저 독자로 임해야 한다. 자신의 글을 읽을 시 흐름이 유수하지 못하다면 그 원고는 수정하는 과정을 다시 거쳐야 한다. 가독에 걸려 진도로 나갈 수 없다면 어설픈 문제와의 부딪침이라 점검이 필요하다는 뜻이다.

글 쓰는 작가에게 국어사전은 필수 참고물이다. 그러나 가장 기본적인 의미를 제시하는 사전의 단어 자

체로는 유용성이 떨어진다. 일상에서 쓰이는 단어의
의미 찾기가 힘들다. 그 어려움을 단번에 풀어주는 것
이 예문이다. 그 단어가 어떻게 쓰이는지를 배후로 설
명해 주기 때문이다.

우리의 입에 밴 '약을 달이다' '물을 끓이다'는 어감
적으로 서로 비교되는 문장이다. 두 문장을 사전을
참고삼아 비교 분석한다면 '달이다'와 '끓이다'는 '액
체 따위를 끓여서 진하게 만든다.'라고 쓰여 있다. 여
기서 한 가지 짚고 넘어가야 의문의 대목은 '약을 달
이다'는 사전이 알려주는 대로 진한 색상은 맞으나,
우리가 아는 바대로 물은 끓여도 진해지지 않고 이전
그대로 투명하다는 사실이다. '달이다'가 '물을 끓이
다'와는 전혀 연관되지 않고 어색한 느낌을 주는 이유
가 여기에 있다.

왜 이런 일이 벌어지는 걸까? 단어는 상황 안에서
형성되며 그 상황에 맞추어진 단어는 분위기를 이끈
다. 이름을 부를 때 엄마 방향으로 돌아보는 아이와도
같이, 우리는 단어를 선택할 때 엮어나가는 문장의 맥
락과 연결이 일치하는지를 유심히 살필 필요가 있다.
단어는 의사전달의 기능이다.

표현은 지식의 주체이다. 바꿔 말하면 주체는 생각

의 추종이다. 알음알이로 '이럴 것이다. 저럴 것이다'라는 저울질로 모양을 맞추어나가는 머리 굴림이 생각이라면, 표현은 '이것이다' 확신의 결말을 짓는 말이면서 손으로 쓰이는 문장이라는 것이다. 글쓰기 살림이 제 몸에 옹근 배어 있으면 외부 소음이 아무리 귀를 시끄럽게 하여도 방해는커녕 외려 그것들이 소재거리로 활용될 수 있다.

여기서 주의를 기울여야 할 점은 생각에 가둬둔 그 내용에 대한 표현을 밖으로 흘러내지 않는다면, 그 문장은 끝내 사장(私葬) 될 수밖에 없다는 점이다. 참고로 글쓰기에 단련이 된 사람은 본디 지닌 기술력으로 공공의 목소리, 공공의 글을 써낸다는 것이다.

창업(創業)보다 수성(守成)이 어렵다는 말이 있다. 시작한 일은 보듬고 가꾸는 노력이 식지 않아야 본래 취지인 유정의 미가 아닐까.

작가다운 작가

'관심 종자'인 작가는 사회를 이끄는 중심인물이 아니다. 도심에서 한참 벗어난 한적한 환경에 둘러싸인-사방이 탁 트인 오두막에 동구마니 눌러앉아, 하늘에 뜬 낮의 태양과 밤의 달과 별들을 게으른 시선으로 관찰하며 내공을 쌓은 그 음미를 글로 엮는 최변방 부류이다. 지나친 동요를 경계하면서, 영이 통하는 자연과 소통하며 유체가 이탈된 은신생활을 즐기는 세속 밖 사람이다. 고독의 그림자와 늘 함께 다니면서, 편치 못한 육신의 배고픈 고통 속에서 새로운 것을 깨달은 참회를 글로 남긴다.

작가는 책을 쓴다. 책은 다른 매체보다 집중력과 몰입의 요구가 강하다. 글 쓰는 일에 일생을 바친 작가

중에, 하루 한 끼만의 식사로 목숨을 연명하는 이도 더러 있는 줄 안다. 돌덩이가 떡덩이기를 간절히 바라는 현실의 가난 앞에서 맥을 쓰지 못하기도 한다. '아무도 알아주지 않는구나.' 넋두리가 절로 새어 나올 지경이다. 한 묶음의 말로 빛과 그림자-축복과 재앙을 양면으로 안은 부류이다. 몇몇 작가들은 이렇게 힘든 궁핍의 경제난에서 탈출하려 돈을 좇는 상업성 작품을 시중에 내놓기도 한다.

금전 소득이 변변치 않아 생계가 어려운 예술인들은 항상 추위에 부들부들 떤다. 좌절의 수렁에 젖은 옷깃을 바싹 세운 아래로 축 처진 어깨의 몰골로는 낯나게 다니는 것을 의식적으로 꺼려 대인관계가 원만하지 못하다. 의기소침에 빠진 외로움을 많이 타는 편이다. 기름기가 뼛속까지 바싹 마른 그 이면의 비참을 끝내려 스스로 영원한 잠에 들어가는 사례도 헤아릴 수 없이 많다. 오죽했으면 작가로서 큰 성공을 거둔 여류작가께서 빈소를 찾아준 문인들에게는 조의금 절대 받지 말라는 유언을 남겼을까.

빵보다 자기실현 추구인 인문에 절실하게 매달려 있는 작가의 실상의 형편이 이러함에도 작가 지망생들 수가 날로 느는 추세이니 알다가도 모를 일이다.

사(士)인인 그들을 허위 허식의 무력감에서 구원해 주는 대상은 글쓰기이다. 인간 사회에 대한 근원적 탐구를 통해 보다 나은 사회를 꿈꾸는 혁명적 측면과 함께-비하를 살짝 곁들여 덧붙인다면 액세서리 교양을 과시하는 작가의 머릿속은 세상을 널리 밝히는 하늘의 광명으로 가득 채워져 있다. 날개 단 노래를 부르며 구름을 타고 다닌다.

필자의 6살 유아기 시절 때 이야기이다. 영아원방 목재 침상에 누운 필자의 어린 시선은 절로 유리 창문 바깥으로 내몰렸다. 두 눈에 한가득 담아진 풍경은 흰 구름 몇 조각이 아주 천천히 떠 흐르는 높푸른 하늘이었다. 담벼락에 새겨진 어떤 나무의 한 줄기 잎가지도 동시에 보았다. 그때 '나무에 우유가 흐른다.'라는 문구가 뇌리를 스쳤다. 당시 미취학 꼬맹이라 쓸 줄을 몰라 글로는 남길 수 없었으나, 지금까지 그 문구는 나의 안에서 살아 숨 쉬며 있다. 그 후 성장과정에서 내 뜻과 전혀 무관하게 책을 끼고 살게 되었다. 화장실에서든 버스 안에서든 노상에서든 장소 구분 없이 옆구리 책을 펼쳐 공부하듯이 읽었다. 신문 역시도 나의 관념의 지식을 넓혀주는 좋은 길잡이 선생이었다. 수많은 책을 졸라 읽었다. 월간 문예지 잡지도 구독하여 문학성 틀을 다졌다. 그 결과 오늘날 시와 소설을 쓰는 작가가 되었다.

독창성 글은 내 길을 가게 한다. 누구에게든 맞추려 하지 말고 나의 언어를 갖는 것이 작가다운 작가이다. 독서를 즐긴다 해서 작가가 되는 것이 아니다. 그러나 기질은 다지게는 한다. 글을 쓰는 작가는 책을 만든다. 값을 낸 그 책을 들고 서점 문을 나선 독자는 문맥 한 자 한 자를 눈질로 좇아 읽어 내려가면서 머리로는 새하얀 눈 속의 세상을 거닐고, 나뭇가지에서 누군가를 부르는 청아한 목청으로 우짖는 새 노래를 듣고, 넘실넘실 일렁이는 물살로 모래해변을 적시는 바다와 무언의 대화를 주고받는다. 또한 다방면으로 활력이 씩씩한 사회상을 들여다보거나, 찻집 테이블을 사이에 둔 세 사람이 인연 맺은 악수를 나누는 장면, 거실 바닥에 둘러앉아 도란도란 이야기꽃을 피우는 어느 가정의 커튼 안 모습을 부럽게 엿보기도 한다. 이뿐 아니라 무슨 제목의 책을 완독했는지는 모르겠으나, 일개 여공이 의사가 되겠다는 도전을 걸었다는 뒷얘기, 평범한 우리로써는 접근이 불가능하여 간접의 소문으로만 들었을 뿐인 트랜스젠더(사회적 성과 지정 성별이 일치하지 않은 사람) 등등의 소상한 발췌로 새로운 세상살이에 눈을 뜨게도 한다. 글은 이토록 은은한 생명의 힘을 지니고 있다.

작가의 영역은 무궁무진 넓다. 지구 밖 우주에까지 뻗어있다. 삶이라는 운명은 어떤 모양일까? 해답을 제시하기도 하고, 무색무취한 인생살이에 분홍 빛깔의 색상을 입혀 이름을 붙여주기도 하면서, 발자취를 남긴 뒤를 쫓으며 그 길은 가고 자는 목적지와 정 반대 방향이라는 안내 역할을 맡기도 한다.

지식을 측정하는 작가는 글로써 신세를 갚는다. 작가는 '(으)로서'는 지위나 신분 또는 자격을 나타내는 조사이고, '(으)로써'는 어떤 일의 수단이나 도구를 나타내는, 품사로써 같은 조사인 건 맞으나, '써'사용은 강조성이 더해진다. 예를 들어 '말로서'보다 '말로써'가 의사전달에 있어서 보다 억양이 분명하다.라는 깨우침으로 문장력이 한층 더 든든해지도록 돕는다. 덧붙이는 설명은 '(으)로써'는 시간을 셈할 때 셈에 넣는 한계를 나타내거나 어떤 일의 기준이 되는 시간임을 나타내는 조사로써 쓰이기도 한다는 것이다. "취업 면접 떨어진 게 이로써 세 번째인가?" "대화로써 사태를 풀지 왜 싸워"

인간의 생리적 욕구는 자유로운 창의이다. 어떤 이

는 경제적 해방이 인간 해소라 말하고, 늘 새로워지기를 바라는 어떤 이는 문화적 향유를 빼면 삶의 의미가 없다는 주장을 내놓을 것이다. 기계시대를 도입하여 빈부 격차를 벌려 인간 차별을 낳은 경제만의 추구는 운명의 단축을 부른다. 인간은 빵만으로 살 수는 없기 때문이다.

역사적으로 침략의 공격만을 믿고 쇠해진 나라를 들라면, 이사(李斯)의 제안을 받아들이고 모든 서적들을 모아 불태워 없앤 진나라 시황제의 경우이다. 비슷한 시기에 진나라와 똑같이 철제 농기구로 국력을 키워 서양의 최강자로 등장한-6세기경에 왕정을 끝내고 공화정 시대를 연 로마제국의 경우는 군사력 다음으로 문화 양성이 있었다. 문화(文化)란 사전 풀이로 '한 사회의 주요한 행동 양식이나 상징체계'이다.

기본주의는 자신의 문제점을 스스로 심화시키는 약점을 지니고 있다. 어제와 오늘만을 생각하는 사람은 기술이 약해져 미래를 놓치고 만다. 새로운 작품 발굴보다 인기 좋았던 과거 안주에만 눌러앉아 있는 나태자에게 보내는 경고이다.

자각을 장치로 떠받쳐 둔 글쓰기에서 주의해야 할 점은 내가 납득하지 못하는 단어는 갖다 쓰지 말라는 충고이다. 충분한 고증을 거쳐, 예컨대 죽비(竹'대나무' 篦'빗치개, 통발, 또는 테, 참빗)라는 주제에 걸맞은 단어들을 활용하여 문장 전체가 가독에 걸리지 않는 합리적 문체로 구성해야 한다. 글쓰기는 마음을 닦는 수양과도 맞물려있다. 신심이 깊은 종교인에게는 글쓰기가 곧 기도의 갈음이기도 하다. 글쓰기는 곱씹는 맛을 즐기게 한다. 어떤 시인은 책상머리에 앉기 전에 목욕부터 한단다. 머리로 쓰는 재능의 글이든 마음으로 쓰는 감성의 글이든 책이란 지향은 매 한 가지이다.

글의 대상은
눈을 맞춘 사물이다.

글은 어디서 태몽이 되어 자라나는 걸까? 지식의 창고인 머리에서 배태가 구현되는 걸까? 나에 머물 수 없는 그 머리에서 떠밀린 관찰력 언어와 사물 간에 화학적 마찰의 결정체로 싹터지는 걸까? 궁금한 것은 사물은 절대로 말이 없다는 사실이다. 아니, 사물에게도 저희들끼리 소통하는 고유한 언어를 갖고는 있겠으나, 그 언어를 인간이 알아들을 수 없는 것일 수도 있지 아닐까. 그래서 인간이 직유법 등의 수사법 상상을 두루 동원하여 그 사물의 입을 대신하여 말과 글로써 옹근 체계를 만들어 내는 것이 아닐는지.

모든 생물은 암수의 관계에서 태어난다. 상대성을 말하는 것이다. 소젖은 그때그때 짜야 마르지 않는다.

계속해서 우유를 얻을 수 있다. 그렇다. 말과 글은 쓰지 않고 혀 밑에 묻어두기만 하면 그 침에 녹아드는 부식에 들어간다. 글은 쓸수록 날로 맛깔이 짙어진다. 오랜 경륜의 결과물이다. 글의 대상은 눈을 맞춘 사물이다. 나 홀로 내면에서도 글은 쓰이나, 심안(心眼)의 초점이 내 안에 존재하는 상대적 물체와 어우러졌을 때 한해서 글머리가 잡힌다. 두 부류로 나눌 수 없는 이유이다. 또 하나, 글 쓰는 이의 인성이 어떻든 간에 주관적 관점만 굳게 갖췄다면 그와 무관한 비 경험의 글을 얼마든지 발굴해 낼 수 있다는 것이다.

글은 논증의 빌미를 제공한다. 입이 근질근질하도록 심심한 사람들로부터 잦은 시비를 겪는다. 이런 사람들과 논쟁에 얽이면 득보다 실이 많다. 이론적 체계보다 여기저기서 얻어들은 시장성이 다분하기 때문이다. 그렇다고 체계를 완벽하게 갖춘 정확한 정보만을 좇는다면 그의 정신적 지식은 한편으로만 치우치게 된다. 규칙만을 너무 강조하면 상대방으로 하여금 식상 감을 안겨 주고 물러나게 한다는 것과 다를 바 없다. 사람을 잃게 되는 것임과 동시에 자신의 한계를 드러내 보이는 퇴보이다. 편식은 가려먹는 것을 말한다. 저잣거리에서 난잡하게 떠들어지는 말들은 밑바

닥 언어들이다.

　내면의 감정이나 생각의 표현을 담아내는 글쓰기의 목적은 타인과의 교감이다. 그 상대성을 고려해서 사실과 주장을 구별하여 글쓰기에 임하는 것이 옳다. 먼저 된 자를 사표로 삼아 그의 전철을 밟겠다는 아이고 집의 매달림은 아직도 상투어를 벗지 못했다는 반영이다.

　의형인 상투어(常套語)란 자주 우려먹어서 너덜너덜해져 신선하지 못하다는 뜻이다. 쉬운 이해로 "정부에서 같은 사고가 되풀이 발생하지 않도록 보완을 보다 강화하겠다."가 있다. 신뢰를 떨어트리는 상투어의 비슷한 단어로 투어(套語)가 있다. 한 술 더 떠 시키는 일만 하는 발꿈치 종은 언제까지나 날개를 접고 사는 종일 수밖에 없다는 것이다.

　독립은 홀로서기이다. 혼자는 자신이 누구인지 자세히 들여다보게 하는 소중한 시간이다. 작년 한 해에 이어 금년에도 뿔각 모양의 바이러스(코로나19)는 우리의 사회현상을 뒤바꿔 놓았다. 우리에게 여행 자제·모임 자제·외식 자제·거리 두기 및 방콕에 가둬두는 시간을 권고했다. 글쓰기에 몰입할 수 있는 좋은 공간을 마련해 줬다.

아이가 성인이 되면 부모 슬하에서 벗어나듯이, 기성세대에 기대지 않고 자신만의 언어 구축이 작가 자질의 기본이다. 그 길은 춥고 배고프다. 시간은 어디로 흐르는지-숨은 배로 내쉬는 건지 입으로 내쉬는 건지 알 턱없이 산과 들판에서 마냥 헤매기도 한다. 장미 가시에 찔려 피를 볼 수도 있다. 미처 보지 못한 돌부리에 걸려 무릎이 깨질 수도 있다. 나는 못난이 중에서 가장 못난이다 자책을 달고 다닐 수도 있다. 그러나 그 시련의 과정은 생명의 맥박이다. 생명은 성장을 목적으로 하고 있다. 문학의 모든 내용은 사람을 포함 모든 피조물은 죽는다는 귀결에 모아져있다.

많은 생각은 글말을 다듬게 한다. 고루한 조합을 갖춘 문장에는 향기가 있다. 그 바탕에는 채우고 흘려보낸 독서가 있다. 평소의 글과 말들을 보다 구체화해야겠다는 다짐에는 공통의 규칙을 따라야 수준 높은 글을 쓸 수 있다. 말이 나온 김에 문법(文法)의 여러 수사법 중 하나를 소개 올리겠다.

효과와 미적 표현을 위하여 작문의 언어를 꾸미는 방법을 수사법이라 한다. 그중에 직유법이 있다. 서로 비슷한 성분을 갖춘 두 가지 사물을 직유법이라 하는데, 그 종류로(마치~처럼~같이~듯~인양~흡사) 등이 있고, 원관념과 보조관념을 직접적으로 연결시킨다. 예문) '꽃같이 예쁜 소녀' '하늘이 이불처럼 내 마음을 덮었다'

글을 많이 쓰면 근육이 불어난다. 자신 생활의 일부이기에 반복적으로 행했을 취향의 기호는 별 다짐 없이도 언제든 꺼내 쓸 수 있다는 장점이 있다. 머리 아프게 쥐어짜낼 필요 없이-입고 있는 옷 주머니에 손을 넣었다 빼면 그만이다. 자신이 제일 잘 아는 일과부터 글쓰기를 시작하면 한결 수월해진다 뜻이다. 그다음에는 실마리 잡은 처음 주제에 집중하면 된다.

글쓰기에도 자세가 있다. 첫째, 자신만의 시간 확보, 둘째, 평정의 마음, 셋째, 정신적 고양이다. 글은 단어에 단어를 잇는 작업이다. 글쓰기가 힘든 까닭은 진정의 바탕이 든든하지 못하기 때문이다. 물이 없는 웅덩이는 목을 축여주지 못한다. 마찬가지로 메마른 손이 말을 듣지 않고 뻣뻣하다면 정신 고갈의 영향이 클 수 있다. 일이 손에 잡히지 않으면 뭉뚱그리는 시간이 길 수밖에 없다. 골 놀음에 애초의 걸었던 보람 기대를 놓치고 만다. 글을 쓰기 위한 준비의 이해를 빠트린 격이다.

구글은 미래에 가장 가까운 기업으로 뽑힌다. 이런

구글에 전 세계에서 입사지원서를 내는 사람은 일 년에 300만 명에 달한단다. 그중에 0,23%만 채용된다는데, 그 질문 다섯 가지 기준의 하나의 총체는 "전문지식은 가장 덜 중요하다. 머리에 있는 지식보다 필요한 정보를 한데 모으고 새로운 것을 배우는 학습능력이 우선"이다.

어진 어머니는 자녀 양육의 기름이다. 건조한 손에 핸드크림을 비비는 행위는 일종에 피부 보호이다. 고즈넉한 차분성과 이질 관계인 분노도 생산적으로 분출하면 약이 되는 경우가 종종 있다. 학자들은 마음이 뇌에 있다고 한다. 그 내 마음을 추스르지 못하면, 남도 보듬어 줄 수 없다. 이성을 잃으면 품성이 고결한 글을 생성해 낼 수 없다. 기대할 수 없다. 필요는 오늘이지 내일로 미루면 그만큼 기회를 잡는 시기가 늦어진다. 잘못을 고치는 수정은 새로운 연결의 힘이된다.

노랫말

"아이에게 시는 노래이고,

젊은이에는 철학이고,

연세 드신 어르신들에게는 인생이다."

– 나태주 시인

"요즘 시는 참 어려워. 도대체 무슨 뜻인지
알아먹을 수 있어야지."

"학문적으로 쓰기 때문이야."

"엄마야 누나야 강변 살자 시구 얼마나 초록, 초록
쉬워. 이런 시들이 동요로 불리는 게 아니겠어."

"요즘 시들이 노랫말로 환영받지 못하는 이유는 대
중적 공감을 얻지 못하기 때문이야. 입에 쉽게 담아지

지 않으니 작곡가들이 시간 투자를 꺼리지."

"존재론만을 다루려는 철학적 사고방식에 매몰되어 평등한 일상을 뒤로 젖힌 배태의 이질감 때문일까?"

"점잖은 고상히 상징인 학자들만의 세상에서 돌고 도는 학문은 원래 진부하게 딱딱해. 입에 넣기부터 불편하거든. 그러니 전통적으로 책과는 거리가 먼 일반인들이 눈에 감겨들지 않는다며 외면부터 하는 거 당연하지 않을까."

"사실 공부를 꽤나 한 학자들의 글들을 보노라면 논리는 정결하게 뛰어난데, 현실과 동떨어진 소재들이 수두룩하더라고-머리부터 무겁게 해."

"시장 물건 값은 물론이고, 혼자서는 은행 업무도 제대로 볼 줄 모르는 그들은 사회 인식이 약해. 그 한계로 갈고닦은 학문만으로 인생을 논하니, 가방 줄 짧은 일반인들이 경외는 보내면서도 한 밥상 먹기를 거북해하지."

"오로지 한 분야만을 판 전문가들의 이미지는 실상 경도가 엄숙하게 강해. 놀 줄을 몰라요."

"몰라서 그렇지 지식인들도 놀 줄 아는 사람들 얼마나 많은데. 콘서트를 연 공개 장소에서 악을 지르며 머리를 비우는 수 상당해."

"그러냐? 하긴 비워야 채워지는 것이 세상의 이치이니까. 말을 돌려서 미안한데 글을 쓸 때 말이야 재능으로 쓰는 것이 나을까? 지식으로 쓰는 것이 나을까?"

"둘의 요소를 다 갖춰야 글이 나오는 게 아니겠어."

"여러 가지의 재주로 사람들을 즐겁게 해주는 재간꾼들의 글은 실없어 보이면서도 긍정은 되던데"

"심리적 무거움을 달래주는 사이다 맛이라 할까? 아무튼 사회적 활력에는 도움은 되지."

"참, 아까 외출에서 돌아오면서 우연히 본 긴 줄 광경 이야기인데, 하나 둘 모은 병을 팔아 반찬거리라도 벌어보려는 가난한 서민들을 어떻게 생각해?"

"그네들은 우선 추상하지 않아 대함이 편해. 그네들은 연예인들을 좇는 성향이 강해 무대에 선 현란한 재주꾼들이 '새벽에 오랜만에 치킨치킨~'라는 노랫말에 맞는 상태 묘사를 몸의 반응에 따라 부르며 신나해 하지."

"그런 말들도 노래로 불러진다니 인터넷 통신 언어가 한국어 표현력을 개방적으로 살린다고 볼 수 있겠네."

"그뿐만이 아니야. 댓글을 다는 누리꾼들이 쓰는 낱말 중에 '헛 완전 여자여자 스타일이네요.'도 있어."

"재미있겠다."

"덧붙여 '남자남자해서 내 심장 너덜너덜 ㅋ'글도 서슴지 않고 올리는데, 이 재미있는 우스개는 여성스러움, 남성스러움이라는 추상적 특성을 강조하기 위해 '여자여자 남자남자'를 썼다는 거야. 철쭉꽃은 '분홍분홍한 것이 제격이다' 말도 같은 용도로 쓰곤 하지."

"반복 표현은 발음부터 힘들 텐데….'

"대상 명사를 겹쳐 쓰는 행위라서 아무래도 보통 말과는 성대를 크게 높여야 하니 숨이 차겠지. '도란도란' '싱글벙글' 역시도 반복 표현의 의성의태어이고, 덧붙여 '곳곳' '나날'은 명사의 반복이고, 이어 '고루고루' '따로따로'는 부사의 반복이고, '드문드문' '흔들흔들'은 어간의 반복이지."

"어렵다. 그만하자."

"한 가지 더 마저 들어줘. 기존표현이 부사와 관련된 것이 많다면, 누리꾼들이 새롭게 만들어 쓰는 반복 표현은 명사가 절대적으로 우위라는 거야."

"익숙하지 않아 난색이 뜨는데, 그럼 추상적 특성이 강한 그런 말들이 우리말과 글을 오염시키지 않을까? 뜻 모를 외래어들이 판을 칠 때에 우리의 고유 언어는 뒷골목으로 밀려 한 달쯤은 '달포', 1년쯤은 '해포'인 순

우리말을 잊게 했잖아."

"국어 사랑이 대단하군. 보수적으로 이해한다면 그 우려가 백번 맞아. 그러나 난 진보를 약간 섞어 그 반대로 받아들이고 있어. 되레 한국어의 표현력 폭이 넓어질 수 있어."

"진보 성향은 옛 것을 깨트리는 장난을 좋아하는가 보다."

"이념 갈등으로 비화되겠다. 관두자."

생명의 순환

　　일상은 현실이다. 우리의 일상생활을 다면적인 궁핍으로 몰아넣은 코로나 시대를 지켜보면서 필자는 문득 "국민을 다스리는 데 빵과 서커스면 충분하다."라는 글귀에 잠시 시선을 멈춰 세웠다. 이 말은 희대의 악마 아돌프 히틀러가 내뱉은 잠언이다.

　시장기를 채울 시에만 사냥에 나서는 네 발 짐승과는 달리 인간은 빵만으로 살 수 없다. 직립보행으로 자연 생태계를 보호하면서 인류 발전에 공을 들이는 인간은, 지구의 주인답게 침착한 태도를 유지해야 마땅하다. 그래야 우리에게 맡겨진 지상의 사물을 제대로 보며 다스리는 소임을 수행할 수 있기 때문이다.

　내 몫은 내가 챙기기-뭐든지 표현하려고 펜을 쥔 사

람은 누구나 작가의 꿈을 갖고 있으리라 믿는다. 몸과
마음을 들여놓고 펜대를 두들기며 정각을 바라보고
있다면 이젠 남은 일정은 머리 가동이다. 머리 가동은
자동차 시동과 같다. 그 순서는 소설의 경우 소재-발
상-착상-구상-스토리 구성이다.

경험만으로 해결할 수 없는 일들은 우리 주변에 얼
마든지 널려있다. 소재는 안개에 가려진 첫 단락을 잡
는 아이디어에서 얻어진다. 다시 말해 작은 빌미의 힌
트이다. 발견이라 해도 좋겠다. 발상은 어떤 생각이나
상상을 떠받치는 힘이다. 그다음은 첫 문장의 착상인
데 소위 잡았다는 미소의 기쁨이다. 이어 뇌에서 맴맴
도는 기(起:하나의 사실-목적을 제시한 글. 승承:기의 내용을 받
아 이야기 전개. 전轉:다른 분야로 이야기를 돌려 더욱 발전. 결
結:내용을 요약하고 결론을 제시). 구상의 문맥을 백지에 써
내려가는 스토리 구성에 들어가게 된다. 나무는 뿌리
기운을 받아야 열매를 맺을 수 있다. 열매는 뿌리 기
운의 결정체이다. 생명의 순환이다.

글쓰기가 안 풀린다며 이불 속으로 파고만 들지 마
벌떡 일어나 바깥바람을 쐬며 기지개를 펴
떠 흐르는 구름 그림자에 뒤처지지 말고

최선을 다해 씨종을 되살려 봐

더워진 몸 더욱 뜨거워지도록 힘차게 달려

주어진 시간은 오늘이지

앞으로 시간인 내일은 아니냐.

분명은 내일 공기는 내일 맞아봐야 감촉을 알 수 있
다는 거야.

삶은 현재이다. 각성은 나를 깨운다. 술에 취한 사
람의 방문은 누구나 경계한다. 귀찮아 질 업무방해 일
이 발생할까 봐 출입을 아예 봉쇄하려 달려든다. 발을
들이지 못하고 축출 당한 취객께서 그 앞길에 노숙인
처럼 길게 누워 항의성 시위를 벌였다. 입장이 난처해
진 관련자는 이분을 안으로 들여 달래야 하나 말아야
하나 고민에 직면할 수밖에 없었다. 치안경찰을 불러
눈 밖으로 치워버릴까 꼼수도 그 방안의 하나였다. 그
렇지만 성질대로 할 수 없다는 장벽을 세웠다. 한 인
격을 지닌 생명 순환의 인명이라는 각성이 위력을 부
리려는 발동을 끌어내린 것이었다. 실존적인 현실과
의 만남은 이토록 자각을 불러일으킨다.

"아담아, 너는 어디 있느냐?"

나로서 무엇을 할 수 있다는 것은 크나큰 축복이다.

내가 꿈꿔왔던 일을 손수 한다는 것은 기쁨이요 삶의 보람이다. 보람은 생각의 마음을 넓혀준다. 나의 존립을 강화시켜 주면서 세상을 품게 한다. 글쓰기는 정신 세계를 다루는 예술이다. 자신만의 고유의 창작물이기 때문이다. 형태를 나타내는 글쓰기의 기본은 단어 취집에 달려있다 해도 과언이 아니다.

지친 몸을 뉘는 곳이 공원 벤치나 지하도 어디쯤인 노숙인들에게는 편지나 택배를 보낼 수 없다. 정해진 주소가 없기에 무엇을 전하려면 직접 만나는 도리밖에 없다. 그런데 2006년 일본 오사카 지방 재판소가 허황하기 짝이 없는 이 주거부정 노숙인에게도 주소를 부여하는 판결을 내린 적이 있다. 어떤 남성이 4년간 계속 거주해 왔던 공원 내 천막을 그의 주소지로 인정한 것이다.

"지식이 없는 선함은 약하고 선하지 않은 지식은 위험하다." 페이스 북(고교 출석부 이름) 창업자 마크 저커버그가 다녔다는 필립스 애스터 고교에 내걸어진 건학 이념이다. 현재의 빈곤만을 보지 말자. 주어진 조건 속에서 최선의 노력을 다하자. 이상적 환경 추구는 영혼이 자유로운 예술인들의 특성이다. 얼음덩이가 크면 물이 많다는 뜻이다. 사람의 머리는 신비하다. 머리를 쥐어짜도 좀처럼 떠오르지 않던 단어 하나가 우연한 기회에 툭 튀어 오르기도 하니 말이다. 아이디어를 어디에 맞춰두고 있는가에 맞추어 책을 볼 때, 또는 차도 변에서 신호등을 기다릴 때 불현듯 변곡점으로 솟구친다. 몰두에는 감이 끌어올려진다. 이속에는 개별적 개성에 기인을 두고 있다. 문제의 해답은 현장에 있다.라는 말과 일통하다.

허튼소리는 시끄러운 공해일 수밖에 없다. 그러나 쓸모가 없다며 내버려지는 그 쓰레기 언어들도 다듬어 정리해서 쓴다면 글쓰기에 훌륭한 재료가 될 수 있다. 숙련이 덜된 주린이(주식+어린이) 실력으로는 어림도 없는 일이나, 해태의 갈음은 흐지부지되다 이다. 동의어로는 말라빠지다 이다.

"누구를 위해 쓰는지 아는 것이 곧 어떻게 쓰는지 아는 일이다."비지니아 울프의 말이다. 때로는 대상에 맞춘 속도 조절의 글쓰기에도 여느 직업과 마찬가지로 원천기술이 중요하다. 원천기술은 어휘력과 얼개 짜기이다. 어휘력이 쓸 수 있는 단어의 숫자라면, 얼개는 개요·목차·뼈대·흐름을 말한다.

"지옥으로 가는 길은 수많은 수사로 뒤덮여 있다." 스티븐 킹의 말이다. 글쓰기에도 감당이 있다. 감당은 아무리 힘들고 어려워도 이를 악물고 견뎌내야 하는 인내가 뒷받침으로 수반되어야 한다. 인내는 가지 치는 가꿈을 넘어 절제를 기르게도 한다. 글쓰기에서 절제의 중요는 만병의 원인인 비대 살을 빼는 것이다. 다시 말해 글 살만 찌운 글 솜씨 자랑으로 난잡하게 늘어트린 불필요 문장 수를 줄여 이해 못 할 정도로 무거워진 오해를 거둬내는 것이다. 군살을 뺀 날씬한 문장은 누구에게나 쉽게 읽히는 법이다.

글을 아름답게만 쓰는 작가가 있다. 일 년 중 성장세가 가장 왕성한 연초록 계절의 여왕 오월의 자연세계는 실로 탄성이 내질러진다. 그 부류에 속해지는 그 작가들의 문법(文法) 수사법 중에 하나인 은유법(隱喩法) 사용이 유독 높음을 보게 된다. 은유법은 「무엇이 무엇이다」로 이어주는 말이 없이 원관념과 보조관념을 간접적으로 연결시키면서 사물의 상태나 동작을 은근한 비유로 표현해 내는 인상을 나타낸다. 단점은 속뜻의 주목을 너무 남용하면 문맥이 어지럽고 문장이 모호해진다는 점이다.

꿈이 없는 사람들이 흔히 내뱉는 말 중에 이런 넋두리가 있다. "그냥 이렇게 살다 죽지 뭐. 그냥 대충 빌어먹다 말지 뭐."

고민이 필요하다. 나를 깨우는 작용의 수단은 실익 여부를 떠나 무엇이든 하는 것이다. 인생의 신비는 내가 겪어봐야 그 처지에 놓인 사람을 제대로 된 눈으로 보게 된다는 것이다. 인문의 목적은 "꿈이 있는 사람은 절대 죽지 않는다. 일상과 멀어진 과거를 딛고 다시 걷자."라고 흔드는 호소의 집합이지 아닐까.

글쓰기도
경작의 노동이다.

농부에게는 토지가 있어야 봄철에 씨종을 뿌릴 수 있다. 선행조건인 노동에는 체력적 소모가 필연적으로 따라지기 마련이다. 그 희생의 가치는 생산력을 증대시킨다는 것이다. 그렇지만 부만을 좇는 물신주의자들이 비참한 무기력으로 바라보는 숲속 통나무집을 가장 부러워하는 부류는 예술인들이다. 창작의 산실이기 때문이다.

글쓰기도 일종에 경작하는 노동이다. 영감에서 피어난 글말의 여린 새싹이 날로 자란다면 노동의 능률은 그만큼 높아질 수밖에 없다. 다시 말해 노동에 필요한 자본의 양은 점차 줄어들게 된다. 경작의 한계는 다시 확장되면서 노동이 돕는다는 비율이 넓혀짐을 체험하게 된다.

몸소 겪은 경험으로 쌓은 체험은 산증인이다. 나만의 가슴속 인생을 문장으로 풀어 모두와 공유하고 싶다면 내용이 따분하지 말아야 한다. 독자들이 반하여 좇아오게 하는 이 조율의 기술은 달팽이처럼 느린 듯이 지나한 시간 속에서 무럭무럭 생성된다. 반대로 정신적 빈곤은 나태·무절제에 대한 형벌이 내려진다.

존재의 근원은 움직임이다. 존재가 바람에 흔들리지 않는다면 기후도 어떻게든 살려낼 수 없어 물러나는 사목(死木)이나 다를 바 없다. 꼼짝 않는 부동성 안에는 숨 쉼 하는 생명이 들어설 자리가 없기 때문이다. 글쓰기는 새로운 세상에 눈을 떠가는 과정의 여행이다. 작품 내용이 바뀔 적마다 사시사철 계절을 생활상으로 등장시키면서 나의 내가 되는 형상을 구도해 나간다.

장유유서(長幼有序:어른과 어린아이 사이에는 순서가 있다.)라는 말처럼, 인간의 언어에서는 순서의 단어가 매우 중요하다. 학습된 그 언어를 글로 옮겨 적는 문단역시도 단어 연결망 구현이 필수이다.

작가의 토지는 원고이다. 원고의 한 칸 한 칸은 한 철자 한 단어를 '알음알음' 끌어 모으는 동원에서 채워진다. 「아름아름」과 헷갈릴 수 있는 「알음알음」의 뜻은 여러 문장을 통해 서로 알게 된 체계적 사이를 말한다. 알음알음의 자연어(自然語)발음은 〔아르마름〕이다. 덧붙여 「아름아름」은 말이나 행동이 불분명할 경우에 쓰인다. 자연어발음은 〔아름아름〕이다.

우리나라 국민 누구나 휴대폰을 쓰고 있다. 휴대폰의 진화는 얼굴인식 기술을 넘어 출입증 역할을 맡은 신분증 식별기능 탑재로까지 발전했다. 그 번호는 열자리 수안에서 뒤섞여 맞춰진다. 그럼에도 번호가 같은 전화기는 한 대도 없다.

글쓰기는 자음(닿소리) 14자(ㄱ, ㄴ, ㄷ, ㄹ, ㅁ, ㅂ, ㅅ, ㅇ, ㅈ, ㅊ, ㅋ, ㅌ, ㅍ, ㅎ), 중성에 쓰이는 모음(홀소리)10자(ㅏ, ㅑ, ㅓ, ㅕ, ㅗ, ㅛ, ㅜ, ㅠ, ㅡ, ㅣ) 수안에서 버무려 쓰인다. 모음(홀소리)은 단모음과 이중모음으로 나뉘는데 다음과 같다. 단모음 10자(ㅣ, ㅔ, ㅐ, ㅏ, ㅜ, ㅗ, ㅓ, ㅡ, ㅟ, ㅚ), 이중모음 11자(ㅑ, ㅕ, ㅛ, ㅠ, ㅒ, ㅖ, ㅘ, ㅝ, ㅙ, ㅞ, ㅢ). 이밖에 (자음-모음이 합하여진 병서(竝書=된소리) (ㄲ, ㄸ, ㅃ, ㅆ, ㅉ) 5자가 더 있다.

노벨문학상을 수상한 펄 벅(Pearl S Buck)《대지》작가는《훈민정음訓民正音》을 창제한 세종대왕은 "한국의 레오나르도 다빈치"라고 극찬하였듯이, 우리의 고유한 문화인 한글로 예술창작을 널리 펼치는 작가들에게는 감개무량의 행운이 아닐 수 없다.

부모와 자식 사이에는 어쩔 수 없이 붙들려 매인 천류 관계로 이어져있다. 끊고 싶어도 끊을 수 없는 그 핏줄 속에서 세대 차 극복을 위한 갖가지 고안을 짜내왔다. 가족 구성원 간에는 유전적 성향이 있다. 부모의 영향인 식생활과 행동 패턴을 자녀는 무의식중에 고스란히 드러내곤 한다.

남자인 아빠와 여자인 엄마 간에는 분명 자녀교육에 따른 견해가 다르다. 엄마들은 비교를 많이 한다. 품앗이로 양육하는 자녀가 이웃 아이들에 비해 공부 면에서 뒤처진다는 판단이 내려지면 즉시 영어학원이든 피아노 학원이든 보내야 기가 선다는 야단법석을 떤다. 해줄 수 있을 때 하나라도 더 가르치자며 어학연수까지도 교육 목록에 넣는 열성이 대단하다. 이에 반해 아빠들은 대체로 반대부터 앞세운다. 겉으로는 그 비용을 댈 부담이겠으나, 그 속내로는 1~2년 동안 독수공방 신세로 혼자서 의식주 문제 해결이 쉽지 않다는 옹알이를 숨겨두고 있다.

캐나다 어학연수를 마치고 돌아온 두 자매가 있었다. 문제 발생이 불안하게 엿보이기 시작했다. 학급

동료들과 거리를 두고 겉도는 모습의 연장선상에서 진로 선택에 부모의 지지를 받지 못하자 상처를 입고 부모를 등지는 불량아로 전락하고 말았다. 그 한 딸은 결국 자기통제를 잃고 가출하여 학교마저 그만뒀다.

보통 초등학교 5~6학년 또는 중학생 때 연수 나가는 횟수가 가장 높은데, 이 시기에는 논리를 추론하며 체계적이 학습 능력을 높일 수 있는 신록의 성장기이다.

하이데거는 "진정한 불안은 오히려 인간 현존재가 세계 안에서 만나게 되는 모든 존재자들, 즉 사물의 도구 뿐 아니라 동반의 현존재들과도 결연되어 홀로 서는 데서 자신은 일깨워진다."라고 말했다.

편치 못한 불안으로는 창작을 불러들일 수 없다. 글쓰기는 주위의 모든 것들이 진정한 의미로 다가올 때 확신이 핀다. 신인 작가는 매혹에 이끌려 좇는 선배 작가의 글귀를 흉내로라도 닮고 싶어 하는 기질이 있다. 일종에 그 방식을 따라가 보겠다는 모방이다. 반대로 그렇게라도 해서 단어를 찾는 모범적 머리를 굴리지 않는다면 녹이 쓰는 기억력 저하에 빠져들 수 있음을 명심하자.

마음이 머무는 곳에는 발굴에 분전(奮戰) 하는 글의 보물이 있다. 생각을 굳게 먹은 가슴에는 부름이 있다. 그러나 마음만으로는 현실을 이겨낼 수 없다. 자신의 의견과 환경이 맞지 않는다는 건 불균형 대치이다. 서로 거리가 멀다 싶은 불편한 갈등은 역으로 화학성 반응을 안고 있다. 폭발성을 머금은 그 안에서 글발이 터져 나올 수 있다는 뜻이다.

혈액순환이 원활하면 성질은 따뜻해진다. 인지발달은 정서적 안정을 가져다준다. 우리 몸의 모든 장기는 자율신경과 연결되어 있다. 필자의 경우는 아무리 먹어도 살이 찌지 않지만, 어떤 사람은 물만 마셔도 살이 찐다. 이처럼 체질의 성분에 따라 건강 상태가 다르게 나타나듯이, 글쓰기역시도 습관에 의해 다져지며 길들여진다. 성공의 결실만을 바라는 조건 걸이 글쓰기는 신경질을 부추긴다. 사심 없는 꾸준한 습작이 성장의 비법이다.

자신만의 독특한 색상을 갖고 있어야 자기만의 문장력을 키울 수 있다. 공간 감각을 활용하는 개성을 말하는 것이다. 그 개성의 조화는 책을 읽는 그 저자와의 만남에서 밝아진다.

율곡이이 선생은 제자들에게 "화합할 줄 알면 자기 색을 잃지 않는 생강이 되어라."라는 말을 들려줬다 한다.

이 경지까지 오르는 경사의 과정은 쉽지 않다. 일찌 감치 아버지 태종으로부터 세자로 책봉은 되었으나, 임금 계승에서 밀린 양녕대군처럼 마뜩하지 않다며 이래저래 떠도는 식상의 방황도 겪을 수 있다. 그런 후 제 자리로 돌아와 자신을 반추하면서 습작의 훈련 인 연마에 연마를 거듭해야 오를 수 있는 봉우리이다.

누구나 삶의 아픔을 안고 있다. 글쓰기는 인식 변화 의 흐름이다. 글을 쓰면서 과거 상처가 덮어지거나 치 유되는 것은 물론이고, 그 부위 위로 이젠 새순이 돋 는 신비의 광경을 보게 된다. 글쓰기는 등장하는 작중 인물들과의 대화이다.

그러면서 나에 대하여 몰랐던 나를 새롭게 발견하 기도 한다.

세상에서 가장 가치 있는 사람은 그 누구도 아닌 바 로 나 자신이다. 이 가치를 알고 있는 사람 과연 얼마 나 될까? 많지 않다. 이 가치는 나로서의 분별이다. 분 별력을 갖춘 사람은 상황에 맞는 응용으로 나의 글을 쓴다. 즉 단어에 단어를 잘 엮는다. 문장의 꽃이 아닐 수 없다.

우리나라 역사에 가장 훌륭한 인물을 꼽으라면 단 연 세종대왕이다. 1446년 세종대왕의 한글 반포에 반대 의견을 낸 무리는 최말리 외에 신석조, 정창손, 하위지 등 집현전 학자들이었다.

"이번 언문은 새롭고 기이한 재주에 지나지 않습니다. 학문에 방해되고 정치에도 유익함이 없습니다."라는 말로 폐해를 주창한 그들의 배후에는 명나라에 대한 사대주의 뿌리가 있었다.

글쓰기 영향력은
얼마나 셀까?

      글쓰기의 영향력은 얼마나 셀까? 글쓰기에서 사회적 역할과 무게는 어느 정도일까? 독자의 선택으로 베스트셀러에 오른 책이 아무래도 여론을 타는 횟수가 잦은 것이 현실이다. 동시에 책 소개의 효과도 톡톡히 입기도 한다. 책은 피 말려 쓴 저자의 생계 권과 직결되어 있다.

  글은 육성이면서도 침방울을 쏟아내며 떠드는 그저 육성이 아니다. 글쓰기는 머리에서 생성된 즙을 힘껏 짜내는 손목 노동이다. 책을 쓰겠다며 펜을 들었거나 컴퓨터 자판기를 치는 사람들의 이력은 다양하다.

  필자의 경우는 생계를 건 직업으로 날마다 필수적으로 글을 쓴다. 직업의식이 강해 어디를 다니더라도 원고 장수 몇 장 늘릴 수 있는 이 시간인데-아쉬운 생각을 종종 굴린다.

그 노동시간은 경우에 따라 진종일 매달리는 편이고, 평일에는 대체로 3~5시간 책상머리에 눌러앉아 노트북 자판기를 두들긴다. 그러면서 진도가 막힌다거나 좀 더 나은 단어를 찾으려 여타 책들을 들척인다. 주로 진즉에 읽어두어 기억에 남아있는 책을 펼쳐 집필 중인 문장 맞춤에 적절하다 싶은 단어를 골라 보완한다. 표절이나 도용이라고 지적당할 말썽에 얽매이지 않는 미연의 방지책으로 참고 된 바탕에서 나의 문장의 기교로 체계적 논리를 엮어낸다. 그 외의 시간은 일에서 한발 물러선 나를 돌아보면서 머리를 비울 셈인 방 청소나 집안 정리를 한다. 안목을 넓히는 독서를 하면서 필요에 따라 실내복을 외출복으로 갈아입고 생활용품을 구입하거나 걷는 산책 겸 사람들을 만난다. 한 분야 만에 치우치는 것을 경계하면서 신문 지면을 통해 경제·사회·음악·문화 등을 접하는 한편으로 인터넷 및 스마트폰으로 SNS- 블로그 등을 활용한다. 어떤 문체이든 무조건 읽으려 드는 활자 중독자이다.

필자의 글쓰기는 독서에서 출발되었다. 이리저리

헤매는 궁리를 아무리 굴려 봐도 땀을 흘리는 신체적 일에는 영 자신이 없어 남아도는 시간 활용으로 문인의 길을 선택할 수밖에 없었다.

성인 나이 19살에 경험한 신비한 체험 이후 영적 사람이 되자며 기도를 병행한 신학 공부에 열을 올리던 중에 시작(詩作)에 손을 대기 시작했다. 그 결과 한 월간 문예지를 통해 시인이 되었다. 성대가 구수하게 좋아 성악가가 되고 싶다는 꿈도 품었었다. 그러나 수입이 변변치 않아 돈을 아껴서 써야만 하는 가난뱅이 살림으로는 어마어마한 교육비에 엄두가 나질 않아 결국에는 포기를 하고 말았다. 대신 교회 성가대에서 다년간 음계 맞는 음악성을 떠나 발성을 내질렀다.

경험하지 않고는 인생은 채워지지 않는다. 사회 무대에서 물러난 사람은 누구나 그 업적의 이력을 가지고 있다. 대중들에게 주 업종을 널리 소개하려 책을 쓰는 사람도 있고, 학원 선생인 경우에는 교재용으로 삼으려 집필에 매달리기도 한다. 손재주나 성향에 맞는 일을 두루 찾다 본의 아니게 여러 직업을 전전한 사람들 중에 그 방향의 노하우를 터득한 이들도 적지 않을 터이다. 그 자랑스러운 인생살이의 발자취를 흙으로 돌아가기 전에 후손에 남겨두겠다며 자서전 붐

이 대대적으로 일어난 줄 안다. 우리는 오로지 한 우물만을 판 사람을 전문가라 일컫는다.

현재 우리나라에서 출간되는 책의 수량은 1년에 대략 7만 여종이다. 독서시장도 쏠림 현상이 심해 저자와 자본을 투자하여 광고가 현란한 출판사 명의만을 보고 책을 구매하는 경향이 높다. 영원히 빛을 보지 못하는 무명작가, 재정상태가 열악하여 적극적으로 홍보를 하지 못하여 칙칙한 지하 사무실에서 좀처럼 헤어 나오지 못하는 출판사들이 수두룩 많은 이유이다. 이른바 명품만을 좇는 사회상이다.

글쓰기에서는 이리저리 엿보는 꾀는 통하지 않는다. 재주부리는 덤벙덤벙 요령으로는 글다운 글을 쓸 수 없다. 한눈 파리로 집중을 흩트리는 자신을 우직하게 눌러 앉히며 다스리는 성실한 끈기와 진중한 몸가짐과 끊임없는 독서의 뒷받침이 작가 수명의 질을 이끈다. 정력을 다 바쳐 글을 쓰는 작가는 운명에 책임을 돌리지 않고 실패도 감수로 받아들인다. 모자람을 인정하는 것이다.

자신의 가치를 입증해 보였는데도 불굴하고 그 글을 읽은 독자의 안색이 반김 없이 흐리다면 이해받지 못했다는 슬픔의 감정에 젖어드는 건 당연하다. 일종에 우울증 현상인데, 낙담에 지배당했을 경우에 겪는 무지근 현상이다.

작가는 유독 신경이 예민하다. 보통 사람들의 의식 구조로는 굴밤 한 대는 장난이나, 작가는 머리를 세게 맞은 충격으로 받아들인다. 작가에게서 좋은 동행자는 사유와 함께 걷는 고독이다. 외로운 고독과 친구가 되어있지 못하면 그것만큼 시간 낭비의 쓴맛은 없다.

우리는 언제나 이성을 갖고 행동해야 한다. 생활의 기본이기 때문이다. 그러나 늘 젊고 생기 넘치는 푸른 초원의 기분일 수는 없는 노릇이다. 때로는 사지가 축 늘어지는 헤이에 빠져 자신도 알아듣지 못하는 횡설수설의 실언으로 신뢰를 깨는 실족을 불러일으킬 수도 있다.

문장은 단어에 단어를 잇는 여정이다. 글쓰기로 이력이 굳은 작가는 자유분방하여 언변을 쓰는 성격이 헤프다. 세상은 잘못됐다는 광기를 저 혼자 부리기도 한다.

자기 자신이 되는데 만족은 평안이다. 식견을 넓히는 발품을 수시로 팔아야 하고, 사물들의 언어를 마음의 귀로 들으면서 자기 색채로 숙련을 키워야 한다. 아울러 고민을 너무 많이 하면 모든 것을 망각하는 진

퇴양난에 빠지는 상황이 올 수 있으니 유의가 요구된다. 수준에 맞는 적절한 유지가 중요하다는 뜻이다. 의복의 질감이 싸구려일지라도 제 몸에 맞으면 그것 자체로써 품격이지 않을까.

베토벤의 고전음악 중 「웰링턴의 승리」가 있다. 그 가사 내용은 나폴레옹이 어떻게 웰링턴과의 전쟁에서 패하게 되었는지에 대한 기록이다. 츠바이크 《인류의 별들이 찬란할 때》의 사유를 그대로 배겨 쓴다면 '당시 나폴레옹의 수하에 있는 총사령관 그루 시(Grouchy)가 있었는데, 충성심이 대단하여 나폴레옹이 장수들 모두 전장에서 전사한 탓에 혼자 남은 그에게 군대를 주어 한 요새를 지키게 했다. 그러나 나폴레옹의 지시만을 듣고 움직이는 그루시인지라 전장에 나선 나폴레옹이 웰링턴에 매복되어 있을 때 부하들이 군대를 이끌고 나폴레옹을 구하자는 상고를 몇 분만 생각할 시간을 달라하며 시간을 끌다 결국 웰링턴에게 승리를 안겨주고 말았다는 것이다.'

《신곡》저자인 단테는 "혈통이 노빌레를 결정하는 것이 아니라 고귀한 정신과 인품이 노빌레를 결정한다."라고 말했다.

중세 시대 인물인 메디치는 금융업을 통해 부를 쌓

았다. 그는 그 부의 상당 부분을 어려운 이웃들에게 나눠주면 그들에게 삶의 불을 지펴줬다. 그 수단은 상인들을 불러 모아 학문과 예술에 심취케 하면서 지배층들만의 소유였던 노빌레를 취득케 하는 '지식혁명'이었다.

메디치는 이뿐 아니라 문인과 예술인들에게도 창작의 열정이 식지 않도록 경제적 도움을 베풀었다. 당대 레오나르도 다빈치, 미켈란젤로 부오나로티, 갈릴레오 갈릴레이 등이 메디치의 후원으로 성장한 예술인들이다.

메디치는 성직자와 귀족층의 타락을 무너트리는 데도 중추적 역할을 맡기도 했다. 자존감의 중심에는 자기중심의 사랑이 있다. 사랑은 기분을 유순하게 한다.

독립은 자강을 길러준다. 누구를 의존하지 않고 홀로 서는 것이 다른 분야로 이야기를 돌리는 전(轉)의 발전이나, 우리는 자강을 굳세게 하는 경제력에서만은 한 시도 벗어날 수 없다. 모든 정보를 수시로 들여다볼 수 있는 휴대폰 사용도 이에 해당된다.

홍수처럼 범람하는 정보 중에서 자신이 추구하는 목표에 영향을 끼칠 유익한 정보만을 골라 뇌리에 담아두는 습관은 나의 든든한 미래의 보장이다.

인문세계는 경계가 없다.

　　　　　고전 작품《양반전》내용 중에 양반 신분을
돈으로 샀다 곧바로 무르는 장면이 나온다. 이 작품은
양반의 허세를 그린 책이다. 우리는 고려 말 민(民)의
가치를 바탕에 두고 지배층의 모범적 삶을 강조한 정
도전과 정몽주 같은 인물 등장에 기대를 걸고 있다.

　자신의 피와 땀의 노력으로 성공의 탑을 쌓아올리
지 않은 사람은 성장통의 의미를 모른다. 그늘 없는
성장(성공)은 없다. 시간은 생명의 성장은 도우나, 성
공은 산고의 산물이다.

　중심을 잃게 하는 위기는 평등하지 않다. 자신감은
강한 힘에서 나온다. 대중들로부터 쏟아지는 찬사는
이토록 신바람을 불러일으킨다. 인기는 그만큼 구름

탄 기분에 젖어들게 한다. 충분한 훈련의 결실이다.

술꾼에게는 술집이 제이의 집이다. 이 시절에는 주의력 없이 그저 떠들며 가누지 못하는—똑바로 서지 못하는 비틀비틀 몸일 뿐이다.

그러던 어느 날 어찌하여 다리가 부러지는 불상을 입게 되었다. 꼼짝없이 본집 아랫목에 들어앉게 된 그는 무료감을 달래 줄 일거리를 찾다 번뜩 떠오른 한 기억에 다락방 문을 열어젖혔다. 어둠이 짙은 그 한구석에는 먼지에 쌓인 종이박스 하나가 있었다. 아래로 끌어내려 놓고 들여다본 박스 안에는 새내기 글쟁이 시절에 써둔 누런 원고 뭉치가 한가득 담아져 있었다. 소설인지 산문인지 도대체 장르 구분이 안 되는 쓰레기 더미였다. 아궁이 불에 태워지지 않고 보관해둔 것이 신기할 정도이다.

첫 번째로 펼쳐본 낡은 원고는 아무렇게나 휘갈겨 쓴—작품일 수 없는 단편소설이었다. 대충 흝어본 문장은 문법은 웬만큼 알고는 있는데, 작문에서는 아무런 맛이 나지 않아 낯짝이 후끈 달아오르는 부끄러움이었다. 행갈이가 무시된 가운데, 구두점과 부호는 어디에 찍는지조차 모르는 엉망진창의 원고였다. 아마 그래서 글쓰기에 희망을 놓고 다른 삶의 수단을 찾다 술독에 빠져든 것 같다.

그날부터 그는 술집에 드나들게 된 동기를 역 추적하는 묘사를 그리기 시작했다. 먼저 혼자 독차지한 테이블에서 취기에 엎어진 몸을 웅크리고 꾸벅꾸벅 조는 자신을 누군가가 깨우는 장면을 첫 문장에 띄워 올렸다.

역시 오랫동안 쓰지 않아 녹이 쓸어버린 두뇌로는 문장 잇는 것이 쉽지 않았다. 특히 어떤 일이 이루어지기를 소망한다는 '바램-바람'구분이 애매했다. 한 대중가요 제목이 아예 '바램'인 바램은 사전에서는 '바람'의 잘못으로 나와 있다. '바라다'의 명사형은 '바램'이 아니라 '바람'이라는 것이다. 이 사실을 몰라서인지 많은 사람들이 '바램'을 일상용어로 쓰고 있으니 더욱 헷갈린다. 워낙에 귀에 익은 표현이라 '바램'이 맞고 '바람'은 틀린 것이 아닌지 의문이 일어날 지경이다. 맞춤법에 맞는 '바라다'를 '바래다'로 표현하는 것도 일상에서 흔히 쓰이는 입담이다. 이 외에 '놀랐잖아요(X)-놀랬잖아요(O)', '나무라지 마(O), 나무래지 마(X)'가 더 있다'

잡지를 읽을 바에야 호메로스의 《일리아스》를 탐독하는 것이 백번 낫다. 왜냐하면 잡지에 발표된 작품은

50~100년 동안 읽힐 글은 거의 없기 때문이다.

나도 인류 속해 있는 한 사람이다. 글쓰기에 강한 책임감을 가진 작가는 오늘도 쓴다. 무릇 익어 경지에 오른 이력의 작가는 글쓰기 위치를 알고 있다. 작가는 자신의 작품에 등장시킨 인물에게 동정심을 심어 둬야 한다. 등장인물과 똑같이 그의 괴로움이 곧 나의 고통임을 공감의 감정으로 느껴야 한다. 나도 지금 너와 똑같이 사랑의 실연에 울고 있다는 심금에 푹 젖어 있어야 한다. 그래야 그와 동질성 표현을 그대로 살려 낼 수 있다. 범죄에 관한 글을 쓰려면 범죄를 저지르고 있다는 환상에라도 빠져들어 봐야 제대로 된 문장을 실체의 형태로 서술할 수 있다는 뜻이다.

소설가에게는 천문이 있다고 한다. 아주 오랜 전에 읽은 책 중 《안나 카레니나》가 있다. 러시아 대문호 레빈 톨스토이의 작품이다. 작중 인물 모두는 실상 톨스토이 그 자신이다. 안나 카레니나가 그렇고, 귀족 레빈 역시도 톨스토이 그 자신이다.

허구는 불확정이다. 있다고 하면 있고 없다고 하면 없는 그 불확실한-그 캄캄한 허상을 작가는 실상으로 설정해놓고 기교의 문장으로 엮어나간다. 자신 스스로 편향으로 정한 감정 바탕에서 독자들과 만나는 개방의 글을 써내려간다.

우리가 세계 속 한 나라 대한민국 국민으로서 존재한다는 것은 영광이 아닐 수 없다. 특히 개인별 자유의 권리가 보장된 것은 크나큰 축복이 아닐 수 없다. 나 또는 우리를 둘러싼 세계는 모든 것들의 총체이다.

인간의 본질적 권리는 연관이 있든 없든 모든 존재들과 보살핌의 관계 속에서 살아간다는 것이다. 이 안에서 작가는 글 작품의 주인공을 찾고 시대를 대변한다. 오랜 세월 동안 어두운 땅속에 묻혀있는 역사 유물을 발굴하고, 사회 현상인 사건-사고를 다룬다.

유한계급의 놀이라는 편견의 비난을 듣는 계층이 예술인들이다. 어느 정도 근거가 된다는 긍정은, 사회 한편으로 자신들만의 세계를 구축해 두고 있다는 실상이 그렇다. 그들은 우선 타인들에 대한 우월 의식이 높다. 자신들만이 세상을 제대로 이해할 뿐만 아니라, 세상 문제에 진정한 해답을 갖고 있다는 식으로 말한다.

예술은 도대체 무슨 이야기인지 알아먹지 못하겠다는 측으로부터는 선입견의 대상이 될 수 있다. 예술은 등 따스하고 배부른 사람들 심심을 달래려는 한량인들이 즐기는 오락에 불과할 수 있다. 또한 지적 교양인들의 자기만족 과시일 수도 있다. 그러나 이러한 일 방적 편잔에는 편견의 요소가 강하다. 책상 의자에 안 주케 하는 깃들임의 본질적 구성 요소인 예술작품은 어느 독자에게는 깨달음을, 어느 독자에게는 안식을 안겨준다는 편의를 알지 못하기 때문이다.

작가의 의도가 중한가? 독자의 느낌이 중한가?

자신의 모습인 자화상을 그릴 시에 의도성이 다분 히 깔려있음을 부인하지 않겠다. 작품성을 모사로 크 게 살려보려 상상을 동원하는 경우에는 의도의 발현 은 더욱 강해진다. 미술작품《까마귀가 나는 밀밭》은 죽음에 대한 예감을 강하게 표출하고 있다. 반 고흐 자신의 불안심리 투영이다.

예술에는 자신의 삶을 돌아보면서 새로운 힘을 얻 는 묘한 기능이 있다. 작가의 적은 누구일까? 해방감 없이 억압된 감정 속에서 두려움에 떠는 그 자신이다. 능력이 받쳐주지 않아 생명력을 잃고 멋쩍은 시름에 잠기는 것도 작가 내면의 적이다. 그 적의 일소는 공 기에 노출된 포도주가 식초로 변하는 희비에 시선을 돌려보는 방법이 있다. 일과 직접적 연관이 없는 듯이 천연 하나, 그 순회의 눈여김은 언젠가는 글의 재료로 쓰일는지 모른다.

작가의 일터는 책상 앞이다. 친해진 엉덩이와 의자에 앉아있는 시간이 길수록 문장력은 향상되고, 자신을 뛰어넘는 장엄한 자유자재의 글이 나온다. 그 과정에서 처음으로 시도하려는 만감이 교차하는 거대한 문장에 직면하는 아찔한 절벽에 서보기도 한다. 그 난제를 가벼운 종이처럼 건너뛰게 하는 비법은 지속을 유지하는 시간이다.

정답에 접근하려면 질문이 많아야 한다. 어떻게 문장을 다루느냐 하는 문제는 곧 어떻게 주의를 끌까와 직결되어 있다. 글은 작가의 자유정신에서 쓰인다. 쓰고 싶은 대로 써 내려가다 마음에 들지 않는다 싶으면 언제든 다른 문장으로 고쳐 쓸 수 있는 작업이 글쓰기이다.

인문 세계는 경계가 없다. 옳고 그름의 편 가름이 없다. 그 구분을 짓는 대상은 관점이 다른 사람들이다.

작가가 좋은 글을 쓰면
독자는 좋은 책을 읽는다.

　　　　　　제목이 그 책의 얼굴이라면 그 내용은 심장에 해당된다. 책 제목(이름)은 글 내용의 압축이다. 물론 소제목에서 한 제목을 뽑아 표지 제목에 걸어놓기도 한다. 필자도 목차가 많은 시집의 경우 소제목에서 하나를 골라 표지 제목에 끌어올리는 편이다.

　사실 제목을 붙이는 것은 성가시다. 필자도 몇 자에 불과한 제목 정함에 짜증을 낼 때가 간혹 있다. 피로에 주눅이든 탓이다. 그냥 글만 쓰고 싶다는 욕망 때문이다. 그러나 제목은 작품 내용을 한 번 더 들여다보게 하면서 가다듬게 한다.

　책의 첫 시선인 책 제목 넓게 잡는 것이 유리할까? 아님 시대적 감각이 아주 두드러져 가슴에 쉽게 와 닿는 소제목-예건대 중국에서 여자를 부를 때 쓰는 '미녀' 같은 제목이 독자들의 눈길을 사로잡을까? 느껴보는 안목이 저마다 다른 독자들이 선택할 사안이나, 필자의 견해는 거대한 제목은 무슨 얘기를 해도 그 주제에서 멀리 벗어나지 않는다는 장점이 있는 반면에, 굉장하다는 위압감을 무언으로 끼치기도 한다는 점이다. 소급적으로는 신분의 형편에 맞는, 일상 주변에서 늘 보는 것 같은 제목은 알맞다는 친근감을 준다는 주장이다.

예를 들자면 월트 휘트먼《풀잎》이나 토스트 에프스키의《죄와 벌》제목은 우리가 쉽게 접해보는 식물과 형벌의 단어라 어렵지 않게 이해로 빨리 읽힌다. 반대로 레프 톨스토이가 저자인《어떻게 살 것인가?》책은 우리에게 많은 생각을 불러일으키는 한편으로 우리의 삶을 전제적으로 되돌아보게 한다.

작가가 삶의 자체를 어떻게 바라보느냐에 따라 줄거리 방향이 정해지는 글쓰기에는 정답이 없다. 끊임없는 질문으로 비례를 맞춰 자신만의 독창적 작품을 그려나가는 것이 진품의 가치를 세우는 해답이다. 완벽하지 못한 사람이 쓰는 작품 모두는 완벽하지 않기 때문이다.

글쓰기에서 내용의 뼈대인 사유를 빼면 무슨 맛이 날까? 사유를 소금으로 바꿔 생각한다면 납득이 쉬울 것이다.

작가가 좋은 글을 쓰면 독자는 좋은 책을 읽게 된다. 글의 범위는 무궁무진 넓다. 삼라만상 전체가 글의 소재거리이다. 돌이 굴러 떨어지는 장면은 물리학에 관한 언급이고, 올챙이가 개구리로 자라가는 과정은 자연과학에 속한다. 에세이가 개인적인 관점이나 해석적 구성을 다루는 글이라면, 인류가 우주선을 이용하여 정복에 열을 올리는 화성까지 쓸어 담아 서술로 엮는 소설은 부풀리는 과장이 매우 심하다. 역동이 쏟아내는 상상의 묘사이기 때문이다.

그리스신화 내용 중에 이런 대목이 있다. "대지 전체를 번개로 갈겨주고 싶다." 인류에 대한 불만이 극에 달해있는 제우스가 내뱉은 한마디이다. 신들의 왕이고 또한 번개는 그의 채찍이라 위상에 걸맞은 이 호령은 그로써는 능히 할 수 위력이다. 다른 해석은 제쳐놓고 이 위력의 한마디에서 내포하는 뜻은 묘사의 힘이 넘친다는 것이다.

'신선'이라 불리는 이백(당나라 시대 시인)의 대표적 과장은 "백발이 삼천 장에 달하네. 근심 탓에 이렇게 길게 자란 걸까?"이다.

동화 작가 안데르센은 눈썹 위에 작은 사마귀가 커져서 눈이 완전히 덮어지는 것이 아닌지 걱정을 평생 동안 달고 다니면서도 《성냥팔이 소녀》를 썼단다.

나의 책임 하에 있는 운명을 장악한 사람은 아무도 없다. 거센 조류에 휩쓸리고 마는 게 인간이다. 그렇지만 그렇게 연약한 인간은 땅과 하늘을 지배하고 있다.

모든 이야기에는 그 나름의 영혼이 깃들어있다. 영혼(soul)은 육체로부터 독립된 정신체이다. 기독교의 '성령-귀신', 불교의 '전생'등이 이에 해당된다.

인문은 인간으로서 삶의 본질, 즉 거주 형태를 보여준다. 거주는 꿈과 사랑, 희망을 키우는 행복의 집이다. 글쓰기란 어찌 보면 대필이 아닌 이상 작가 바람의 완성이라 할 수도 있다.

서기원 같은 글쓰기 신비는 오래 쓸수록 기묘한 힘이 솟는다는 것이다. 감상이 무루 익어 내 앞을 바쁘게 스치는 사람들과는 알지 못한다는 거리감을 두게 되더라도, 다리품을 팔지라도 늘 그 자리인 수목 숲은 나와 아주 가깝다는 아련한 느낌을 품게 한다는 사실이다. 글의 가치는 장르에 따라 편중 차가 있기 마련이나, 이 순간에 있는 것이 아니라 훗날에 있다고 할 수 있다. 다시 말해 글은 발로 뛰고 있는 지금의 현장이면서도 미지의 현장을 미리 보여주는 사례라는 것이다.

원고의 칸을 채우지 않고 말로만 작가 행세를 하고 다니는 사람들이 있다. 그들은 글을 쓰는 작가들만을 사귀면서 변죽의 유세를 떤다. 정말로 글을 쓰고 있는 건지, 아니면 허세 부리인지 책을 한 권도 내지 않고, 문인들 모임에는 빠지지 않고 눈도장을 찍는 소위 날라리 작가들에게 필자는 외친다. "명함만의 작가로 술을 빌어먹지 말고, 작심을 굳게 먹고 책상머리에 눌러앉아 작품을 쓰는 떳떳한 인물이 되라. 먼저 자신부터 신뢰할만한 작품을 써내 자신의 명함을 만들라."

물론 소크라테스의 교육 방식인 산파술로 "진리는 피교육자들에 의해 잉태되는 것"이라는 주장을 설파할 수는 있다. 미국의 밥 딜런의 경우는 음반 앨범만으로 노벨문학상(2016)을 수상한 인물이 아니던가. 그러나 어디까지나 작가의 한마디 대변은 책이다.

대한민국은 경제적 힘, 인공발전의 논리로만 이야기가 통하는 사회이다. 사람을 인격체로 보기보다는 소유 수준을 따져 편을 가르는 물신주의 사회이다. 그 중력과의 악수 덕에 유교적 질서에 따라 오갔던 예절-

공경은 어느 사이에 자본의 유무로 갈라졌다.

많은 차지가 곧 신분 상승이다 떠버리는 물질만능 경쟁 속에서 작가의 존재 생성은 점점 작아지고 있다. 배고픈 작가들이 태반이라 사회보험 혜택도 전무한 상태이다. 나라 경제를 살리는 소비의 주체 대상이 아닌 데도 불구하고 펜을 놓지 않고 본연을 지키는 숨은 작가들 덕분에 인문의 장래를 밝게 보고 있다.

자신이 이해하는 만큼-자신이 할 수 있는 만큼의 그 힘으로 길을 만들어나가는 사람은 미래를 여는 사람이다.

작가는 작중 인물의 이야기를 또 다른 사람들이 읽게 하면서 생계를 꾸리는 부류이다. 글은 개인의 창의력으로 써야 빛이 난다. 사회가 정해 놓은 관습만을 따름은 창의가 아니다. 니체의 '신은 왜 죽어야 했는지'의 사고력 고민처럼 개척에 버금가는 힘든 과정이나, 자기 방식대로 글을 써나가는 것이 아름다움의 표준이다. 자신의 의지대로 작품을 설계하는 것 자체가 주체의 역량이라는 뜻이다. 새로운 상상력만이 미래의 작품을 쓰는 열쇠라는 뜻이다. 모든 사람들이 자신의 생각을 자유롭게 토론할 수 있어야 문화의 토양이 합리적으로 다져진다는 뜻이다. 역으로 통제의 억압은 날지 못하는 새장의 새일 뿐이다.

오래전에 읽은 조반니 보카치오의 《데카메론》은 참 재미있는 산문이다. 그 효용의 혁신은 왕 게임을 빌어 엄숙한 사회질서를 통렬하게 비판했다는 데 있다.

글 쓰는 작가들이 수 세기를 거쳐 인류 유산으로 남긴 인문고전은 지혜와 현재의 상상력을 담은 집단 지성이다. 현시대 대변인 격인 지식의 수명은 짧다. 새로 등장하는 지식에 밀려나기 때문이다. 그러나 지혜가 풍부한 인문고전의 생명은 길다. 오늘날에도 적용으로 읽히기 때문이다.

되풀이 내뱉는 말이지만 필자의 글쓰기 시작은 일기부터였다. 그 올챙이 시절에는 어느 정도 글자를 아는 수준에 불과했었다. 워낙에 악필이라 누구에게든 보이고 싶지 않다는 감추는 눈치를 의식적으로 굴렸다. 그러면서도 하루를 보낸 일상을 두꺼운 노트에 다 채운 기적을 발휘했다. 그런데 그 일기장은 잦은 이사로 보관이 마땅하지 않아 흐지부지 사라져 버렸다. 첫 시집 《불타나이다》를 상재한 이후로는 결혼 축하·돌잔치·조문 시로 당사자들과 기쁨과 슬픔을 함께 나눴다. 이른바 시인 행세를 한 셈이다.

작자는 문체의 책임자

중국 명청(明靑) 시기의 우화를 엮은 《소림
광기笑林廣記》라는 책에 이런 얘기가 실려 있단다.

어떤 사람이 긴 장대를 들고 성읍을 통과하게 되었
다. 그런데 가로로 들어도 세로로 들어도 성문을 통과
할 수 없자 난색을 짓고 이리저리 고민하는 그 사람에
게 한 노인이 다가가 이렇게 귀띔을 준다.
"나는 성현도 아니고 식견도 넓지 못하지만, 내가
보기에는 장대를 둘로 자르면 쉽게 통과할 수 있을 것
같구려."

꿈은 그저 환상의 날개일 뿐이다. 꿈은 가상이지 확

정은 아니다. 진정한 문장가는 비현실을 존재하는 현실 세계로 만들어 낸다.

오늘은 무엇을 먹을까? 어떤 옷으로 외모를 멋지게 꾸밀까에 즐거운 미소를 짓는 사람은, 자신 적 실익이 적은 사람이다. 그들은 TV 시청이나 웃고 떠드는 오락으로 시간을 쓰다 잠이 몰려들면 그대로 쓰러져 잔다. 그들의 얘깃거리는 잡다하기 짝이 없어 위엄을 갖춘 면을 찾아볼 수 없다. 그 생김대로 언행도 그만큼 체통 없이 밋밋하다.

좋은 작가가 되고 싶다면 먼저 좋은 독자가 돼라. 위대한 작품을 많이 읽어 본 사람은 아무래도 사고력이 높은 그 기준을 따르기 마련이다. 이상이 낮은 사람은 별 의미 없는 시시콜콜한 글로 이름만을 남기고 사라지나, 인문이 무엇인지 아는 통찰의 작가는 영혼을 살려내는 기념비적인 작품을 남기려 마른 장작에 불이 붙은 양 오늘도 현실과 대응하는 잠수의 글을 쓴다. 작가에게도 기나긴 세월을 거쳐 갈고닦으며 결을 잡은 고유의 취향이 있다.

독자는 읽고 이해했다는 것과 읽고도 이해하지 못했다는 차이점을 표정으로 나타낸다. 수긍을 했다면 두말없이 고개를 끄덕이며 다음 문장으로 쉽사리 넘어가나, 이해력이 떨어진다 싶으면 허공을 바라보며 머리를 긁적거린다.

작가를 먹여 살리는 훌륭한 독자는 안다. 짜임새(조리) 없이 마구 뒤섞어 넣은-소위 사리에 전혀 맞지 않는 나열만 늘어놓은 문장은, 한 모금의 물을 넘기려 하늘을 올려다보는 병아리처럼 머리를 흔들어 깨워도 무슨 말인지 도통 이해하지 못하겠다면서 책을 덮는다. 그보다 성질이 더 독한 비판적 독자는 읽는 자체가 곤욕이라며 땅에 내동댕이친 책을 발로 짓밟으면서 돈이 아깝다는 소리를 빽빽 지른다. 이해는 되면서도 이해 못 하겠다는 반응은 이처럼 양면의 날이 있다.

낫 놓고 기역 자 모르는 무식쟁이도 말은 곧잘 한다. 입을 가진 누구나 할 수 있는 말을 내기는 쉽지만 행동으로 옮기기는 여간 어려운 게 아니다. 여기저기 흩어진 구어를 모아 책이라는 그릇에 담아 독자들에게 파는 글쓰기가 그렇다.

글쓰기는 경험으로 낯이 무척 익은 살림의 바탕에서 실마리를 잡아야 문장이 수월하게 풀린다. 경륜을 쌓아가는 과정이기 때문이다.

사람은 누구나 나름대로 억세게 다진 생활의 익숙

함이 있다. 정원사는 나뭇가지 치기의 전문가이므로 그 방면에서는 스승이나 다를 바 없다. 이처럼 개인마다 삶의 방식이 다르듯이 작가마다 글쓰기 경로도 다르다. 책 일기를 일상 속 시간에 할애하여 쓰는 독자는 낯선 미경험의 새 책을 손에 들 적마다 생각의 마음을 비우듯이, 글쓰기 경력이 오래인 작가 역시도 새로운 기분으로 계란 속에서 뼈를 찾는 실록의 작업에 들어간다.

작가 지망생의 습작을 무사히 통과하고 마침내 경지에 오른 작가는 초창기에는 자신의 발자취인 경험의 바탕에서 문지방을 넘는 창의의 글을 쓴다. 높은 봉우리에 올라 먼 주변까지 둘러보는 이후부터는 인생사에 여유를 부리는 눈을 돌려 새로운 영역을 개척하기도 한다. 전혀 무관한 남의 삶 이야기를 자신의 주도로 짜 맞추는 일체감으로 그려내는 착안의 작업에 들어간다. 그러면서 작가는 그 방면의 식견을 보다 넓히는 독서삼매경에 푹 빠져 부활된 감정에 부풀려 카프카의 《변신》처럼 미 체험을 자신이 겪어본 '갑충' 같은 중시의 경험담으로 끌어올린다.

사실 카프카의 《변신》은 먼 이해는 되면서도 수긍이 불합리한 요소가 다분히 내재되어 있다. '불길한 꿈에서 깨어난 그레고리 자신이 침대 위에서 거대한 갑충으로 변해 있는 것을 발견'하는 장면이 그렇다. 인간사에서 일어날 수 없는 허무맹랑한-영락없는 허구(픽션)이기 때문이다.

지식 재산가인 작가의 위력은 책을 읽는 독자들로 하여금 생각과 성격을 배우로 일변시킨다는 재미이다. 그들은 자유자재의 펜촉으로 광인을 작중 인물로 등장시켜 한때나마 피해 망상광(被害妄想狂)에 빠져들게 한다거나, 죽음의 때를 알고 산으로 내달리는 충견(忠犬)의 뒤를 정신없이 쫓는 주인의 배역을 맡아보게도 한다.

글쓰기는 대화를 통해서 정리되지 않은 생각을 정리하는 과정이다. 전업 작가는 취침시간과 기상시간을 알려주는 자명종이 필요치 않다. 아무 때나 작업에 임할 수 있기 때문이다.

일의 진행은 미완성을 향한 도전이다. 사전 구상에 들지 않았던 글을 써 내려가다 자연스럽게 떠오른 사건 하나를 채집한 소재를 붙들고 파고든다. 이 무렵이면 적진에 뛰어들어 혈투를 벌인다는 주제의 단락을 채워가는 글의 작품은 신기루에 가깝다.

어떤 방식의 서술이든 상관없다. 대상 없는 글이든,

자신에게 보내는 글이든, 쓰레기를 주제로 삼았든, 돈을 갚지 못해 따귀를 얻어맞았든, 공간을 조직하는 사리와 이론과 언어를 두루 갖췄다면 작품 가치로는 무방하다. 주관과 객관의 관계를 알맞게 성립시켜 착치를 마쳤다면 승리의 나팔을 불어도 좋다는 뜻이다. 왠지 가독에 제약이 걸린다 싶으면 차라리 그냥 마음 내키는 대로 픽션 이든 논픽션(비 허구)이든 편리대로 써도 무방할 것이다. 한번 형성된 글의 작품은 전통적으로 이어지는 영원불변이 아니기 때문이다. 다시 말해 개방은 영원한 완성일 수 없다는 것이다. 저마다 차별성 눈을 가졌기에 받아들이는 이해 각도가 다르다는 것이다. 우리는 모든 사람들에게 글맛을 똑같이 맞춰줄 수 없다는 간극을 인정해야 한다.

그냥 맞닥트린 우연도 여러 번 목격하면 필연으로 정착하게 된다. 작가가 지켜내야 할 모퉁이는 단어의 연결고리인 지식체계 탐험이다.

작가는 작자와 독자라는 이중 신분을 갖고 있다. 이 구체적 설명은 글을 써 내려가다 중간중간 단어가 적절치 않다거나 이 문체는 왠지 석연치 않다는 느낌이 들 적에는 독자 입장으로 돌아가는 분석이 나올 수밖에 없다. 그러므로 작자는 문체의 책임자이고, 독자는 서술에 대한 평가에 책임을 지는 대상이 된다.

한번 붙잡은 책을 완독하기까지 시선을 거두지 못하는 이유는 재미의 역할이 크다. 좋으면 미소가 절로 머금어지는 것처럼 줄거리를 따라 읽는 재미는 그야말로 새순이 피는 약동이 아닐 수 없다. 그 속에 푹 빠지게 하는 일은 시간을 잊게 한다. 세상의 조명이 나에게 온통 맞춰져있다는 찬양의 감흥은 이토록 삶의 사기를 높여준다.

상대적인 현실에는 늘 괴리가 생겨나기 마련이다. 저편의 성향에 맞추려는 이성의 갈등이다. 겪어야 할 일이라면 정면 싸움을 피할 수단을 찾는 것이 중요하다.

종교인들은 사후의 심판을 믿는다. 부활하여 가난·육신 병 따위의 고통을 전혀 잊고 사시사철 젖과 꿀이 흐르는 황금 집 생활을 키워 올린 신앙으로 사모하며 그린다. 항상 새롭게 살려는 습관의 의지이다.

특히 눈에 선하다.

　　아주 오랜 전에 글을 전혀 몰라 병 속의 내용물을 음료수로 잘못 알고 마신 것이 농약으로써 숨졌다는 할머니의 안타까운 사연을 보도로 낸 신문기사를 본 적이 있다. 이렇듯 허리 굽도록 힘들었던 농경시대를 살아온 어르신들은 학교교육을 거의 받지 못했다. 오늘날 시간이 넉넉해진 그 백발의 어르신들이 한자리에 모여 쭈글쭈글 손목을 겨우겨우 놀려가며 한글 공부를 노트에 삐뚤삐뚤 받아쓰고 있다. 지도 선생님과 호흡을 맞춘 생활이 어느덧 1년 2년 3년. 편지를 읽는 단계를 넘어 직접 쓴 시문과 그림을 넣은 어르신들의 시화전을 관람한 적이 있었다.

　　글을 쓰려면 먼저 글을 읽을 줄 알아야 한다. 사람

은 문자를 깨우치면 많은 것들을 보게 된다. 시야가 넓어진다. 까막눈 시절에는 듣고 보고 만져본 체험만이 의사교환의 전부였으나, 편지를 읽을 줄 알면 언어 구사에서도 독해가 실린 뼈대가 느껴진다. 대신 읽어 달라는 의존성을 버린 독립적 위치에 선 셈이다.

글을 쓰는 길잡이 비법은 딱히 정해진 각이 없다. 배운 구조와 원리를 따른다고 해서 글쓰기가 절로 발흥되는 것이 아니다. 몸으로 익힌 습관에서 자라난다. 어떻게 나갈지를 모르면 두려움이 앞서진다. 그 두려움은 글쓰기에 매달리면 자연적으로 사라지게 된다.

책이란 문학적이면서 예술적인 면이 부합되어 있다. 한 걸음 더 들어가서 상업성 예술이 아니면 의욕을 떨어트리는 경제면 취약에 빠져들 수 있다는 것이다. 아무것도 바라지 않고 글만을 쓴다는 바보 고집은 굶어죽겠다는 다짐과 별반 다르지 않다.

우리가 사는 이 세계는 편견으로 가득 차 있다. 우려가 되는 대목은, 그 편견을 거룩한 진리의 의복으로 위장되어 있다는 것이다. 올바른 상식·올바른 사고의 행실은 요란한 빈 양동이 거짓에 묻히고 마는 물질사회이다. 정치판 사람들은 한술 더 떠 자신의 신분을 높여줄 윗선에 잘 보이려, 나라 장래에 잘못된 정책인

줄 뻔히 알면서도 실금실금 비웃는 아부의 박수만을 쳐댄다.

LH 직원들의 신도시 땅 투기 건 폭로는 국민적 공분을 불러일으켰다. 이 사태의 책임자는 LH사장을 거쳐 국토부 장관에 오른 인물이다. 그런데도 국회 청문회 때부터 자격 미달자라는 여러 면모가 복합적으로 만천하에 드러났는데도 거수기 의원들은 내외 반대를 뒤엎고 임명 동의서를 윗선에 올려 결제를 내리게 했다. 그에게 임명장을 주고 국토부 일을 맡긴 그 최상의 당사자는 두고두고 문책성 책임을 피할 수 없게 됐다.

맹신의 추종자들은 죽음이나 유배를 무릅쓰는 직언을 도대체 않는다. 마치 생산성이 별로인, 시간이나 어영부영 때우는 공공 근로자 역할과도 같다. 양식이 올곧은 덕망 있는 사람은 뼈가 으스러지도록 목울대만을 매어야 할 판이다. 이렇게 좌우로 치우치지 않고 삶의 심지가 굵은 사람들 덕분에 그나마 사회는 정의가 살아있다고 본다.

삶 자체가 연습이자 실천이다. 씨줄과 날 줄의 공백을 메우는 관계 대 관계는 터놓고 지내는 친밀감에서 두터워진다.

내 몸의 감각에 집중하는 것이 하나 된 육감이다. 집중하는 나의 힘은 하늘 별들의 속삭임을 들을 수 있는 고요한 마음에서 불어난다. 일을 열심히 할 때도 초조한 공허감은 우러난다. 문장력이 보다 든든하게 안전해질 글말의 영감을 기다리는 성장 통이다. 잡힐 듯 잡히지 않는 공허감을 떠받쳐주는 힘은 세상과 격리된 내면의 고독에서 비롯된다. 자신감이 끌어올려지는 창조의 밑절미이다.

병마개는 병 안의 내용물이 아무 때나 흘러나오지 않게 제한하는 장치물이다. 그 안의 음료를 마시려면 반드시 병마개를 비틀어 열어야 한다.

한 방울 한 방울의 낙수가 바위를 뚫는다 했다. 책 쓰기는 삶의 이야기를 캐내는 과정이다. 땅속 깊이 묻힌 유물을 발굴하는 것이다.

책 쓰기를 지속하려면 일정관리가 중요하다. 그런데 책 쓰기 갈망은 늘 순탄지만은 않다는 점이다. 머리가 무겁게 힘들다 싶으면 괜히 부아가 치미는 회의와 좌절감 수렁에 빠려 들 수 있다.

잠복의 미 존재를 세상에 드러나게 하는 발굴은, 눈 거리 가까운 몰두의 창작이라 그만큼 심경을 옥죄는 현상이 잦다. 일종에 조급증에 시달리는 슬럼프 현상이다. 그러나 글을 쓰지 않으면 내 이름의 작품은 정녕 탄생되지 않는다는 아픔이 있다. 그래서 필자는 죽기 살기로 오늘도 펜을 놓지 못하고 쓰고 또 쓴다. 이 문필업은 정신이 멀쩡하게 숨 쉬 하는 그날까지 멈추지 않을 작정이다.

주위에서 늘 들은 이야기라 할지라도 몸소 겪어보지 않으면 남의 사정에 불과하다. 그 바탕에서 경험을 거친 비슷한 일을 다시금 하게 된다면 이전에 알고 있던-그동안의 정보만으로는 불충분하다. 이해가 어리둥절한 그 극복은 지금부터 시작이라는 각오로 바닥 먼지를 일으키는 과정을 밟아야 한다. 걷기 전에 기는 것부터 배워둬야 한다는 뜻이다.

필자의 최초의 글 솜씨는 형편없이 졸작 했었다. 태생부터 흙 수저 문 혈혈단신이라 한 곳 정착이 쉽지 않았기에 유일한 꿈이었던 글쓰기 훈련을 제대로 수행할 수 없었다. 통틀어 한 목표로 잡은 그 군불의 기간은 예상 밖으로 험난하게 길었다. 길을 밝혀줄, 햇살 한 점 들지 않는 춥고 좁은 협곡을 무수히 헤매었다. 허드렛일로 며칠 분 식량 거리가 마련이 됐다 싶으면 그제야 피치 못할 환경으로 감춰둘 수밖에 없었던 일시 절필을, 산중 천막이나 독서실 책상에 엎드려서 짧은 시문쓰기로 열곤 했었다. 이젠 세월이 제법 흘러 나잇살 먹은 등급 수준에 올랐다는 자부심을 체험하고 있다. 강한 책임감을 갖게 되었다. 그럼에도 아직도 무명의 문필가로 남아있다.

글 쓰는 작업은 화수분(재물이 끊이지 않고 나오는 설화 속 보물단지)이 아니다. 내게는 글 재료로 매우 유용한 절벽 걸이의 경험이었다 할지라도 다른 사람에게는 하등의 가치가 없는 무용지물일 수 있는 게 인간사이다. 스낵식품은 간단한 요깃거리이다.

백조가 우아한 자태를 뽐내려면 물밑에서 끊임없는 발질을 해야 하듯이, 필자는 글을 쓸 때 중요한 부분은 길게 이어나가는 경향이 있다. 중요하지 않는 서술은 자수(字數)를 줄여 일찌감치 단락을 끝낸다.

이와 달리 어떤 작가는 천주교인답게 성격이 아주 꼼꼼해서 그런지 사물·풍경·인물의 묘사를 공평으로 살려내는데 세심한 공을 들인다. 그에게는 중요한 것도 중요하지 않은 것도 없이 평범한 문장을 추구한다. 쓸 가치가 있는 것과 그럴 가치가 떨어지는 데도 불구하고 자연스러운 문장으로 이미지를 드높인다. 친근함과 소원함, 멀고 가까운 거리감 구분 없이 고요하게 느린 문장으로 하늘에 떠 흐르는 흰 구름조각, 새가

우짖는 나뭇가지를 흔드는 바람의 숨결을 과장 없이
풀어놓는다.

그 작가의 이름은 《드리나 강의 다리》저자 이보 안
드리치(본명:Ivan Andric, 보스니아 1892~1975)이다. 1961
년 노벨문학상을 수상했다.

책꽂이에 꽂아만 있는 책에서는 별의별 삶을 그려
보게 하는 상상의 향기를 맡을 수 없다.

"우리 헤어질 때 힘 들었지? 그 고통이 사랑의 그리
움을 배로 키워진 건 진심이야. 불빛이 없어도 너의
모습은 환하게 볼 수 있어 아주 행복하단다. 누구냐
고 묻지 않아도 눈 미소만으로도 서로를 동질로 아는
그대의 친밀한 목소리 온 사방에서 들려오는 듯하다.
차 대신 술을 마시려 술병을 집어 들었지만, 한 방울
도 남아있지 않아 쓸쓸한 미소를 흘리면서 가지런한
흰 치아를 살짝 드러낸 그 아름다움이 특히 눈에 선
하구나."

생각은 어원의 근원이다.

인문은 쉽게 말해 언어 습득의 공부이다.

생명의 언어는 상대를 움직이게 하는 힘이 있다. 그 어원의 근원은 생각에 닿아있다. 역으로 몸짓은 그 사람의 습성이나 인격을 나타내는 언어이다.

청각장애인의 언어는 수화(手話)이다. 그 말속에서 내면의 성향과 교육수준의 정도를 엿볼 수 있다. 명령이 곧 법도인 왕의 말의 영향력은 전 나라로 울려 퍼진다. 반대로 사회 지위가 낮은 인물의 말은 개도 무시한다.

한번 내뱉은 말은 다시 주워 담을 수 없다. 그 말을 들은 사람의 가슴에 언제까지나 남아있다. 생각 없이 무심코 내뱉는 말일지라도 알게 모르게 그 사람의 기억

장치 저변에 누적으로 저장되어 있기에 나온 말이다.

한 예로 시간을 가늠하는 하루의 ¼인 6시간을 '한 곳'이라 표현하는데 순우리말인 이 단위 알고 있는 사람 과연 얼마나 될까? 한 달쯤은 '달포', 1년쯤은 '해포' 역시도 잊혀가는 우리말이다. 서구식 계량 단위에 익숙해진 탓이다. 그러나 창의력 작품으로 써 내려가는 글은 얼마든지 고쳐 쓸 수 있다. 앞뒤 문구가 부적합하다 싶으면 카페인의 힘을 빌려 표현을 달리할 문장을 맞춰서 끼어 넣으면 된다.

어원을 문자로 표현하면 글이 된다. 멀리 내다보게 하는 지식 기반은 글의 기초가 된다. 다방면의 지식은 글쓰기의 범위를 넓혀준다.

가족 간의 대화에서 다져진 말씨가 있고, 직업에서 익히 전문 용어가 있고, 사회에서 형성된 언어가 있다. 임상경험을 통해 얻은 과학적 정보 증가를 보다 분석적으로 끌어올리려는 바탕에서 기록을 남기는 근거중심 글쓰기는 연구용 문장에 해당된다.

독일 대학교는 거의 다 국공립학교라 등록금이나 수업료가 없다 한다. 종이책 중심 국가인 그 나라의 독서 율은 80%에 달한단다. 820여 개의 문학상이 있고, 11,000여 개의 도서관이 존재한다는 그 나라의 독서방법은 소리 내어 읽는 대독-낭독이 대세란다. 소리는 뇌를 깨운다. 정숙의 독서가 되짚는 음미를 곱씹게 한다면, 소리 내어 읽는 대독-낭독은 발음이 고쳐지는 언어발달로 이어진다.

우리는 오랫동안 토론을 모르고 살아왔다. 사실적 논리로 따져드는 신사적 악수보다 이겨 누르려는 큰 목소리로 위세를 떨었다. 학교 내 교사와 교수는 질문하는 학생을 귀찮게 여기며 구박했다. 기업체 사장은 말단 직원의 시정 요구를 일방적으로 문책하며 쫓아냈다. 사회 구석구석의 인심이 팍팍해진 원인이 되었다.

종교와 정치는 편향으로 갈린 이념 갈등이 유독 심하다. 이 두 문제로 사회와 사회가 서로 갈리는 차원을 넘어 국제 분쟁-전쟁이 일어나가도 한다.

자신이 믿는 종교나 지지하는 정당을 상대방이 비하로 누른다면 의(義)를 지켜내는 자존심인 양 단번에 싸움이 벌어지고 마는 취향의 근원은 어디로부터 일까? 이를 갈며 절대 용서할 수 없다는 비틀린 감정에 그 뿌리가 닿아있다. 치열한 논쟁으로 다툼을 불러일으킨 양측의 반감은 자리가 파한 후에도 소화불량으로 삭이지 못하고 오랫동안 가슴에 담아두고 있다. 사이가 엉망으로 틀어져 악에 받쳐진 잠재의 감정은 한동안 만날 수 없어 폭발할 기회가 없었을 뿐이지, 그 상황과 다시금 마주치게 되면 그때의 기억을 험악하게 되살려내 얼굴을 할퀴려 달려드는 것이 감정의 조급이다.

사유의 관념이 전혀 다른 사람과 논증을 벌이면 고개부터 돌리는 험상함이 발생한다. 감정이 격분하여 이성을 잃은 험담 자리에서는 가슴을 여는 소통은 쉽지 않다. 어떤 말이든 너그러운 이해로 수용하지 않겠다는 선입견 분노를 방패막이로 앞세워두고 있기 때문이다. 상대방을 헤아리는 뒤짐의 설득심이 부족한 탓이다.

내 주장이 타당하다는 혐의 주도가 득세하면 감정 대 감정의 대립이라 싸움은 불가피해진다. 자신의 잣대 취향 그대로 "미친놈"이라는 욕으로 먼저 치고 나가는 자극적 말보다 들어주는 배려가 우선이라는 건 누구나 다 아는 사실인데, 그렇게 억누르는 독선의 압박으로만 덤빈다면 풀리려 했던 타협도 실패로 돌아가는 건 당연지사이다. 경청하는 인내심 결핍이 부른 파산이 아닐 수 없다. 경시와 멸시로의 무시가 아닐 수 없다. 장차 기계의 로봇이 인간을 억압하는 디스토

피아적 횡포의 예시가 아닐 수 없다. 이를 '확증 편향' 이라 부른다. 옴베르토 에코는 자신의 책 《장미의 이름》에 이런 기록을 남겼다.

"진리를 위해 죽을 수 있는 자를 경계하라."

페이스 북은 취향에 맞는 단어를 추천해 올리면 넷플릭스가 곧바로 그 단어에 적합한 영화를 고른다. 알고리즘의 힘이다.

상대방이 생각을 바꿀 수 있게 하려면 논증하는 방법을 알아야 한다. 차이의 범위는 넓다. 고무줄의 길고 짧은 차이, 산 해발의 높고 낮은 차이, 세대 차이, 직위 차이, 빈부 차이, 기술 차이 등등이 있다. 그 차이의 간격에서 골 깊은 편견과 오해가 다발적으로 불거진다.

뼈는 몸의 건강을 지지한다. 글을 쓰면 자신을 돌아보는 과거 반성을 절로 많이 하게 된다.

말의 실수로 친구를 잃어 뼈아픈 기억의 장소가 된 그날의 야외 들판. 그때 팔짱을 두른 연인의 제안대로 결혼을 했더라면 오늘날 나의 처지 이보다 평안했을까? 위상이 달라졌을까? 경험 많은 직장 선배의 말을 흘려듣고 사이가 벌어져 상생의 협력이 소원해진 관계 등등이 주마등처럼 스쳐 지난다.

경험의 바탕에서 펜 놀림이 시작되는 글쓰기는 아무래도 순증(純增)이 빠를 것이다. 글을 쓸 때는 정한 주제에서 벗어나지 말아야 한다. 원래 쓰려고 잡았던 이야기 틀에서 주관적 논리를 정립하는 집중이 요구된다. 눈앞에서 날 잡아봐라 요리조리 신나게 날뛰는 두세 마리 토기를 한꺼번에 잡겠다는 일순의 감정에 휘말려서는 안 된다. 사로잡힌 자신의 조급성 감정에 쫓기지 말고, 일정한 거리를 유지하여야 사고를 부를 일탈의 곁길로 빠져들지 않게 된다는 뜻이다. 과장으로 장황하게 늘어놓는 자수(字數)의 위험은 관련 없는 문체나 정보를 마구잡이로 끌어들인다는 것이다. 《잃어버린 시간을 찾아서》 저자인 마르셀 프루스트는 "경험에 합당한 언어를 부여하지 않으면 그 경험은 사라지게 된다."라는 취지의 말을 남겼다.

부풀리는 심사로 이것저것을 쓸어 담으려는 욕망을 지양해야 한다. 쫓는 관점이 갈리면 길을 잃는 한눈 파리는 불가피하기 때문이다. 물론 자신이 먹거리로 기르는 밭작물에 물을 대려 물꼬 방향을 임의로 바꿀 수는 있다. 그러나 그 연결의 단락에서도 논점 주제 흐름이 일정해야 문장으로서의 가치가 보장된다는 점 잊지 않았으며 한다.

생명체는 고통에서 성장한다. 사회 지위가 높아 영향력이 넓었던 사람은 이야기 소재가 무궁무진 쌓여 있다. 일선에서 물러났어도 우월감 넘치는 그 명예에 어깨가 으쓱거려지는 건 당연지사다.

내외적으로 이름이 널리 알려진 인물들의 프로필은 굉장히 화려하다. 회사를 세워 수많은 사람들에게 희망을 안겨준 사업체에서 손을 뗀 후 이젠 믿을 건 돈뿐이라고 믿는 사람과, 권력 지향에 눈이 먼 사람은 엄격한 논증을 배척한다. 체면을 내세운 철옹성 성역을 침범하지 말라는 암시이다.

이런 사람들은 과거 경력만을 믿고 주의를 당부한 일기예보 앞에서도 나에게는 장애가 없다는 불 고집 성향이 매우 강하다. 그렇게 문제없다며 밀고 나섰다, 먹구름 하늘로부터 펑펑 쏟아져 내리는 폭설에 길이 막혀 꼼짝없이 차 안에 갇히는 고초를 겪기도 한다.

그 자랑스러운 업적의 성과를 국가나 후세들에게 꼭 들려주려 펜을 들었다면, 두 귀로 듣고 한 입으로 말하는 비움의 심경부터 가볍게 함이 우선순위이다.

반짝인다고 다 금은 아니다.

– 셰익스피어

　　세상에서 가장 깨우기 힘든 사람은 잠든 사람 아닌 잠자는 척하는 사람이다. 관심 없는 척, 의지가 있는 척도 그 사례에 포함된다. 조동사 '척'은 상태를 그럴듯하게 꾸미는 행태를 말한다.

　성향이 도약을 꿈꾸는 '생각'과 비슷하면서도 천근만근의 무게 그늘이 짙게 깊은 면에서 확연히 갈리는 '고민'은 가정으로 불러들인 온갖 변수에 파묻혀 있는 상태를 말한다. 아직 설익은 예비 작가들은 경력이 짧아 실감이 아른아른 덜 하겠으나, 글 쓰는 작업의 경륜이 오래인 기성작가는 실상 은둔자나 다를 바 없다. 세상에 홀로된 외로운 고립이 상징이 되어버렸다.

　작가마다 전문 장르는 제각기 다르다. 필자는 문학

예술 방향인 시와 소설을 쓴다. 이번 글쓰기 산문에 처음으로 도전하게 된 동기는 인문학 열풍에 나도 한번 끼어들어 보자는 호기심 발동에서 비롯되었다. 또한 이참에 글 쓰는 방식도 슬쩍 틀어보자는 시도도 한몫 거들었다.

땅속에 묻어둔 씨앗의 싹이 트인 후 줄기가 생성되듯이, 세상의 모든 일들의 열매는 피땀을 쏟아 부은 노력의 산물이다. 제아무리 천부적인 재능을 안고 세상 빛을 보게 됐더라도, 자기로써 뿌려 심은 씨앗이 없다면 거둘 수 있는 수확 거리는 전무할 수밖에 없다.

글쓰기는 사실상 식생활 보장과는 거리가 있다. 첫 책을 낸 신인작가의 경우 인세 비는 6~10% 안팎이다. 인상이 절로 어둡게 찌푸려지는 이 염려로 글쓰기를 포기하는 사람들이 수두룩 많은 줄 안다. 그러나 숙명의 사명자라면 주저주저 돌아선 그 자리로 다시 돌아와 그 일을 하는 광경도 흔히 목격되는 현상이다.

다산초당 정약용 선생의 유배생활(1801~1818) 18년은 학문탐구의 기간이었다. 실학·인문·철학· 정치 등의 성과를 냈다.

노력은 갈고닦는 연마이다. 누구보다 앞서고 싶다면 해야 할 만큼보다 더 긴 시간을 써야 하지 않을까.

먹을 거 다 먹고 잘 거 다 잔다면 어느 세월에 앞서가는 사람을 따라잡을 수 있겠는가. 먼저 된 자가 나중 된 자에게 뒤처지는 원인은 물고 늘어지는 악착같은 성질의 부재 때문이지 않을까. 뭉쳐둔 의지 하나로 복근을 만드는 훈련을 거듭한다면 글쓰기 강의를 백번 듣고도 뒷짐을 지고 나태를 부리는 사람보다 실력이 느는 건 당연지사다.

글은 가르침을 받는 것보다 몸태질로 쓸 때 기능 안착이 빠르다. 백제 의자왕이 향락에 쏟은 시간과는 별개로 발췌 본 글이든 요약문이든 끊임없이 글을 쓰는 사람은 당할 수 없다. 빌 게이츠는 최고 경영자 시절에 1년에 두 차례 모든 일과 사람과도 연락을 차단하고 아무도 모르는 은신처에서 사색에 빠져들곤 했었다. 세계에 마이크로소프트 기업 이름을 널리 알린 대성공을 넘어 부를 거머쥔 기반이 되었다.

나무에는 두 종류의 종자가 있다. 해마다 열매를 맺는 유실수와 평생 동안 열매를 볼 수 없는 무 실수이다.

5세경에 작곡을 쓰기 시작했다는 모차르트처럼 일찍이 두각을 나타내는 천재적 신동이 있는 반면에, 생전에 '꽃은 만발했으나 곧 달아나겠지 / 케이크의 통치는 단 하루 / 그러나 추억은 멜로디를 타고 / 영원히 분홍빛'외 단 7편의 시만을 발표했을 뿐인 에밀리 디킨슨의 경우처럼 사후에 큰 빛을 보는 시인도 있다.

재능의 영향을 40~45%까지 보는 시·소설·희곡은 창작성 문학 글이다. 사실상의 무(無)의 세계를 현존하는 유(有)의 작품으로써 살려내는 문학인들은 감수성이 예민하다. 보통 사람들은 본 사물을 아무런 질문 없이 그냥 지나치지만, 예술 문학인들은 사물과의 대화는 물론이고, 그 생명의 의미를 상생으로 캐내는 문재(文才)의 비법을 갖추고 있다.

에세이·기행문·평론·보고서·칼럼·판결문·보도자료·안내서 등은 논리 글이다. 위 장르들은 고강도 감수성을 요구하지 않기에 문학과 달리 누구나 접근할 수 있다. 생활 글쓰기는 문자를 알기만 하면 누구나 어렵지 않게 접근이 가능하다. 문장 발전에 큰 도움이 된다.

모르는 길은 멀다. 다른 문화, 다른 풍경, 그 지역의 현지인들을 만나는 먼 거리 여행일수록 체력을 비축하는 요령이 필요하다. 잘 먹고 잘 쉬는 것이 여행 건강의 기본이겠으나, 복잡의 속박을 벗어던진 자유를 누리는 것이다.

필자는 셈이 약하다. 계산이 실하여 셈을 기피하는

성향이 있다. 요즘은 카드 결제로 계산이 편리하게 해결되어 별 신경을 쓰지 않으나, 그 이전 현금 계산 시에는 거스름 받을 돈이 얼마인지 한참 따지기도 했었다. 대신 국어는 썩 잘했다.

앞뒤 가림이 미숙하기만 했던 초등학교 저학년 시절 때 이야기이다. 국어 시험을 보는 날이었다. 시험 대비 복습을 전혀 않고, 삼한사온(三寒四溫) 글자를 면도날로 새겨 놓은 이인용 책상 위에 배포된 갱지 시험지를 마주한 코흘리개는 별 어려움 없이 답을 적었다. 앞전에 배운 내용이 기억에 그대로 남아있어 문제풀이를 쉽사리 마칠 수 있었다. 그 다음날인가? 단발의 여자선생님이 신장이 왜소하게 작아 앞줄 편에 배치해 앉힌 꼬맹이를 싱글벙글 낯빛으로 호명하며 칠판 앞으로 불러냈다. 그러면서 자세를 낮춘 제 입술을 꼬맹이 볼에 붙이며 뽀뽀세례를 퍼부었다. 그 칭찬은 백점 받은 축하였다.

필자의 자랑은 기억력이 비상하다는 것이다. 그 당시 즐겼던 수많은 추억들을 까맣게 잊은 동심의 친구들이 그때 시절의 행적을 말하면 전혀 모르겠다는 멀뚱멀뚱 눈빛으로 되묻는 편이다. 그 바탕에서 쓴 책이 장편소설 《누구를 위하여 눈물을 흘려야 하나》이다.

그 앞전에 출간한 장편소설 《방황하는 영혼들》에도 일부 소개로 남겼다.

필자는 주경야독으로 보릿고개를 보냈다. 정말 많은 책을 탐독했다. 병행하여 손에든 잉크 신문을 펼쳐 국제정세 및 국내의 시대별 정치·사회상·문화·체육·경제 등등의 지식을 쌓았다. 그 저력에 받쳐 글쓰기에 운명을 걸었다. 여러 권의 책을 시중에 상재했다.

한 번 더 강조하지만 글쓰기 기본은 독서이다. 독서는 고정관념을 깨트리면서 생각을 넓혀준다. 독자는 읽는 책을 통해 저자와 만난다. 책은 정신 순환의 윤활유이다. 이성의 효과적 관리는 책이다. 책의 효력은 양치기 목동으로 하여금 기상을 품게 하는 지식인으로 이끈다는 것이다.

책은 무지를 깨우치면서 길을 더 밝게 열어 보인다. 책은 생각의 마음과 발을 넓혀준다. 책은 시대 차로 볼 수 없었던 그때 그날의 역사도 터득하게 한다. 책은 듣기만 했던 지식을 문장으로 깨닫게 한다. 훌륭한 글은 뜻 이해가 쉽다. 글을 잘 쓰고 싶다면 책을 손에서 놓지 않는 독서광(讀書狂)이 되어야 한다.

경험도 지식도 불충분한 풋내기 시절에는 핵심 주제가 약할 수밖에 없다. 대학에서 전공과목을 배운다 할지라도 나의 병은 무엇이며, 죽음을 앞둔 친구 앞에서도 말을 잃고 마는 것이 청년기 때이다. 피와 살이 뛰는 건장한 체력에 비해 자신의 확립이 아직은 굳건하지 못하기 때문이다.

사랑에 빠진 연애는 환상이다. 이 무렵에는 나에게 꼭 필요한 배필감이라는 망상이 매우 강해 무슨 말이듯 달콤하게 들기 때문이다. 그러나 결혼 이후 연애시절에 주고받은 말들은 그리움에 사무쳤던 독백에 지나지 않았음을 깨닫게 된다. 무제한으로 확대되는 관념에 속해 있는 글쓰기 시작은 꼭 이와 같다.

단어 한 자는 사소하다.

매끼 소고기 반찬 오르는 가족 사리가 행복일까? 정력을 쓰는 영양 보충에는 실효가 높겠으나, 앞뒤 없는 실체가 막연하여 모호하기 짝이 없다.

문학예술에서는 "그저 숨만 내쉴 수 없어서…"라는 이러한 넋두리 배인 모호함이 중요하다. 예술성 향수를 은밀하게 내뿜고 있기 때문이다.

모호함의 대표적 화두는 성철 스님의 "산은 산이요, 물은 물이다"이다. 얼마나 심미 하게 맑은가. 쉽게 읽히면서도 헤아림이 쉽사리 와 닿지 않게 의미가 심오하게 깊은 이 문장에 나름 해석을 붙인다면, 부처님을 닮으려는 제자의 수행보다 몇 마디 외워둔 불경으로만 절집 문턱을 중유(삶과 죽음의 중간을 이르는 불가 용어)

로 넘나드는 탱중들에게 자연의 기본을 닮으라는 깨우침이지 않을까?

"저 사람 굉장히 쓸쓸해 보인다."

확실하게 알지 못하지만 분위기부터 띄워보는 정형적 말이다.

"팔짱 끼고 정겹게 걸어가는 저 두 남녀 미래를 약속한 연인 정말 맞아?"

이 말 역시도 알듯 모를 듯 그럴싸하게 들리는 추측성 발언이다.

이런 예는 낯선 경직에 잠겨 서로 말문을 쉽게 열지 못하면서 눈짓거리는 분위기 푸는 데는 좋은 구실이 된다. 협력을 논의하는 자리에서 곧잘 쓰는 "일기가 깨끗하게 맑네요."말 역시도 가벼운 서두이긴 하나, 초면의 어색함을 푸는 데는 풍경의 단초가 된다. 분위기를 떠보는 인사치레 서두는 이토록 협상의 물꼬를 열고 들어가게 한다.

사회적 반향을 불러일으킨 문제의 작품들은 수없이 많다. 니콜로 마키아벨리(1469~1527. 이탈리아)는 저서 《군주론》에서 미덕으로 높이 평가된 관대함은 사실 악덕일 수 있다는 주장을 내놨다. 꼭 이 주장 때문이지는 않겠으나, 자본주의 사상에 푹 빠져든 오늘날의 우리나라 사회상 방향이 그렇게 맞춰 흐르고 있다.

"착한 사람은 무능하다."

착함의 본질은 나누는 따뜻함이다. 그런데 마키아벨리는 미덕은 악덕일 수 있다는 주장을 세상에 선포했다. 더 겸손하게 착하지 못하여 섬기는 신의 신원을 받을 수 없다며 눈물로 가슴을 치는 종교인들에게는 물질적 환상에 빠진 세속인들의 우롱일 뿐일 것이다.

누구나 고생이 덜한 쉬운 일을 원한다. 고통 없이 평탄하게 살아가기를 원한다. 잘 차려입고 마음 편하게 잠에 들길 원하고, 행복한 웃음을 머금고 세상을 떠나기를 바란다. 과연 인생살이가 일평생 이렇게 순탄하기만 한 사람 존재할까?

미국의 작가 찰스 부코스키는 《외계인》시를 통해 그런 사람들은 분명 존재한다고 읊는다.

'믿기지 않겠지만

고통 없이 평탄하게

살아가는 사람들이 정말 있다

그들은 잘 차려입고

잘 먹고 잘 잔다

그리고

가정생활에 만족한다

슬픔에 잠길 때도 있지만

대체로

마음이 평안하고

가끔은 끝내주게

행복하기까지 하다

죽을 때도 마찬가지라

대게 자다가 죽는 것으로

수월하게 세상을 마감한다

믿기지

않겠지만

그런 사람들이

정말

존재한다.'

   종이는 약한 미풍에도 펄럭거리며 이리저리 휘날린다. 자기로써 자기를 붙들어 매는 근육이 없기 때문이다. 사람의 비유로 무의미한 익명으로 거기에 있다 할까?

   쉬운 글만을 읽는 독자는 독해력이 깊지 못하고, 그 영향 그대로 글을 쓰는 작가 역시도 무게 없이 나른

하다.

길을 나서야 사물들이 눈에 들어오듯이, 글도 써봐야 전개가 열린다. 글은 쓰고 싶어서 쓸 때 능률이 크게 오른다. 생활비를 벌려고 달달 외워둔 글만을 쓰다 막상 다른 청탁의 글을 쓰려 할 때 토사물 뱉듯이 달려드는 것은 옳은 글쓰기 수단이 아니다. 자발적 꾸준함이 최적의 지름이다. 지적발달에 근육이 붙는다.

뜻이 분명한 사람은 자신의 분별력으로는 가늠하기 어려운 의미를 캐려 한다. 특정한 맥락을 분석하고 해석을 단다. 비판의 독해이다.

필자의 경우는 아직도 경지에 오르지 못하여 융통성 없이 작가적 입장에서 글을 쓰는 편이다. 그러나 최고봉에 오른 전문 작가는 독자들의 공감 기준에 맞춰 글을 쓴다. 독자들마다 글맛 느낌도 다르므로 평가가 다양하게 나올 수밖에 없다. 어떤 독자는 독자들이 많이 읽는 책을 특정해 소개하기도 하나, 어떤 독자는 요란한 광고로 독자를 불러들이는 베스트셀러보다 순혈로 쓴 숨은 진주의 책을 추천목록에 올리기도 한다.

잘 쓴 글은 어휘를 정갈하게 다룬 문장 솜씨가 색채하게 뚜렷하다. 가독에 걸릴 수가 없다. 반대로 수준이 낮은 글은 이름이 제법 알려진 작가답지 않게 성의

가 부족했다는 답변을 듣게 된다는 것이다.

인체 성장에 맞추어 주변 동네 사람들로부터 듣고 알게 된 말은 "밥 먹었니?" "안 본 몇 해 사이에 많이 컸네."라는 인사말이 고작이다. 그러나 글을 쓰는 사람은 "자신의 생각을 깨워라."라는 이상적 사고를 갖추고 있다.

환경은 뇌 형성에 큰 영향을 끼친다. 언어 구사를 포함해서 지적 활동은 대뇌피질이 관장한다. 정신건강도 마찬가지이다. 의식 활동도 전기적·화학적 신호를 서로 보내는 뇌신경 세포와 연결되어 있다. 우리의 뇌는 성장에서 발전을 거쳐 퇴화에 다다른다.

글쓰기가 편하다는 느낌이 들면 뭔가 잘못하고 있는 것이 아닌지 점검 차원에서 자신을 돌아봐야 한다. 편함은 저하에 빠져드는 징조일 수 있기 때문이다. 시험 삼아 식은땀이 흘려지는 절곡(折曲·구부러짐)의 주제로 글을 써 봐라. 조응(調應)에 큰 도움이 될 것이다.

힘든 일을 하면 아무래도 체력 소진이 빨리 찾아든다. 체력의 건강을 유지하려 도끼로 장작을 패는 사람들이 있다. 힘을 쓰면 그만큼 자신에게 눌리지 않는 용기가 솟아오르기 때문이다.

글은 지은이의 인격을 반영한다. 그러나 그 인격 자

체는 아니다. 완전히 다른 별개일 수 있다. 소설의 경우 작중 인물을 그릴 때 저자의 의도적 투영인 것은 맞으나, 그 성격 자체는 아니라는 뜻이다. 꼭 이와 같이 부여잡고 쓴 글대로 또는 입 밖으로 내뱉은 말대로 일치하게 사는 사람은 거의 없기 때문이다.

우리는 일상에서 감각의 차이를 느낄 때 뜻이 맞지 않는다는 장벽을 먼저 떠올린다. 이와 같은 심각한 갈등은 표준의 환상에서 잉태된다. 나는 이렇게 하고 싶은데 상대는 관심을 전혀 두고 있지 않다는 듯이 딴청만 부리니 뒤죽박죽의 경험치고는 고약하다는 감정이 솟아오르는 이유이다. 또 다른 심리로는 사소한 일에 대한 공감 결핍이 부른 오해일 수도 있다는 것이다.

의무는 사람이 마땅히 해야 할 바를 가리킨다. 회사원이면 근무 의무를 다해야 존립이 자라고, 나라의 부름을 받은 군인은 국토방위 임무를 완수해야 병역의무에서 벗어날 수 있다.

문학작품에서는 의무를 존재의 생명으로 표현한다. 이 의무가 사랑보다 믿음성이 훨씬 높다는 점 잊지 말았으면 한다. 사랑은 감정이 뒤틀리면 관계를 멀리하거나 끊으나, 의무는 싫으나 좋으나 정해진 기한까지 채우지 않으면 안 되기 때문이다.

그런데 꿈을 크게 갖자며 큰일만을 좇는 사람이 있는데, 한 걸음 같은 의무 소홀은 모든 것을 잃을 수 있는 기반이 된다는 점이다. 어느 직장인이 근무 태만으로 해고를 당했다는 것과 같은 비운이 닥칠 수 있다는 뜻이다. 의무를 다 하지 못한 사람은 그 방면에서는 어떠한 권리도 주어져 있지 않다.

한 단어 한 단어를 엮어 문장으로 이어가는 글쓰기는 지극히 사소하다. 그러나 의무가 뒷받침되어 있지 않으면 사소하다는 그 일은 오래가지 못한다.

글이 단련된다는 말은 무슨 의미일까? 단련은 담금이다. 오지 않는 것을 기다리는 게 글쓰기이다. 오래 전에 본 풍경을 다시금 그려보게 하는 시 한 편.

다리 저는 시골노인네
한적한 정류장에서
시내 방향 버스 기다린다.

목표는
좇는 자의 차지일 수밖에 없다.

우리에게 앞으로의 시간은 많이 남아있다
그 시간이 오늘의 나를 이끌며
땅을 갈아 밭을 만들어 씨를 뿌리라 한다.

　호기심(好奇心)은 원정·탐사·교육 등을 선천적으로 무엇이든지 알고 싶어 하는 행동을 가르친다. 호기심은 궁금증을 불러일으키는 유발이다. 관심의 출발인 호기심은 허기로 음식물을 찾는 몸의 반응과 달리-밥벌이 일을 찾는 필요에 따라 움직이는 기능도 아니다. 호기심은 아무렇지 않게 우연히 마주 보게 된 어떤 놀이나 예능에 즉각적으로 이끌리는 데서 고무된다. 독서모임 일원으로 참석했다 작가가 되고 싶다는 발원도 같은 맥락이다. 그러므로 호기심은 관심을 전혀 두지 않고 있던 일에 '나도 해볼까?' 도전의 시발이라 할 수 있다. 그러면서 집약의 직업으로 귀착하기도 한다.

2021년 2월 19일 미국의 승합차 크기의 탐사 로버 퍼서비어런스(Perseverance)가 7분의 공포를 뚫고 마침내 무사히 화성에 안착하여 생명체 존재 여부를 가리는 임무수행에 돌입했단다. 태양계 4번째 행성인 붉은빛 화성은 1609년 천문학자 갈릴레오 갈릴레이가 망원경으로 관측한 이래 인류의 각축장이 된 머나먼 우주 행성이다. 이 밖에 아랍에미리트(UAE)와 중국도 화성 탐사를 쏘아 올려 생명체 흔적을 찾는 일에 몰두하고 있다.

아이들의 말은 곧 그 부모의 말이라 했다. 어른들로부터 들은 모방이기도 하다. 아이들의 뇌는 빠르게 성장한다. 피아노나 미술 같은 예능을 일찍부터 접한 아이는 언어를 담당하는 뇌 영역이 있어 교신 흐름이 원활하다. 그러므로 신경세포가 시스템 정보들에 점령당하기 전에 정서 함양에 밑거름이 되는 글쓰기를 선제적으로 채워두는 것이 유리하다.

자녀들에게 바른 언어를 주입시키겠다며 대화 때마다 "잘 했어요." "잘못은 고치면 돼요."라는 존대어를 쓰는 부모들이 있다.

그 자녀들이 뛰어난 언어능력을 넘어 글을 잘 쓰는 작가가 되기를 바란다면, 뇌가 형성되는 시기에 언어적 자극을 넉넉하게 제공해야 한다. 숙달이 빠른 아이는 무의식중에 어휘 수를 넓혀나간다. 일찍부터 토씨가 정확한 아이는 언어 뼈대가 든든하여 어른이 되어서도 그 골격을 유지하는 경향이 높다. 또한 독해력·문제의식·논리적 사고도 능하다. 말을 글로 엮는 문장구사력도 유순하다.

잘 모르면 모든 것이 비슷해 보이는 법이다. 쓸모가 쉽게 증명되지 않아 살아남기가 힘들어진 요즘 세상이 그렇다. 세르반테스의 《돈키호테》가 굉장한 인기를 얻자 그와 비슷한 책들이 우후죽순 쏟아져 나왔듯이, 그럴싸한 모양새만을 갖춘 흐릿한 언어들이 판을 치고 있다. 입담이 각박해져 내 편 네 편을 가르는 지식의 편견이 널리 확충되었다. 바야흐로 착취의 시대가 아닐 수 없다.

글보다 먼저 배우는 교양이 말이다. 사람이 입술로 사용하는 언어는 그 사람의 지식수준이다. 말을 잘한다고 해서 섬세한 글이 생산되는 것은 아니다. 자기 머리로 생각하며 갈고닦는 노력이 끈질겨야 실력이 향상되는 것이다. 그래야 창의적 작가 반열에 오를 수 있다. 창의는 홀로 서가는 자신의 주체이다.

상대는 학교 내 전설에 따라 썰방(말하고 쓰는 법)으로 글쓰기를 막 시작한 20대 청년이고, 나는 기성세대 50살이 되었다는 사실만으로 글쓰기 정상에 도달한 것이 아니다. 글은 나이로도 쓰이나 해묵은 관록은 무시할 수없이 그보다 훨씬 앞서있다. 관건은 자기가 보지 못한 것은 존재하지 않는다며 외면하는 것이다.

소설가는 천의 문을 가지고 있다 한다. 그만큼 끌어다 쓸 글 재료가 넓다는 뜻인데, 예언가 기질에 빠져 문장을 잘못 쓰면 독자는 그 뜻 이해에 필름이 끊기고 만다. 때로는 결핍이 사고를 고치게 한다. 결핍을 아예 모르는 글쟁이는 어쩌면 샘물이 마른 자원 고갈에 몰린 작가일 수도 있다.

작가의 길은 단순하지 않다. 창작은 호락호락하지 않다. 무엇보다 인식론이 강해야 한다. 기름 빠지는 고통의 산고를 거치지 않고는 근황을 알리는 신선한 산물은 나올 수 없다. 전문성 감각을 갖춘 범위를 넘어 비 분야의 다양한 지식도 부수로 알아두면 글쓰기에 유익하다. 많이 보고 많이 듣는 발품도 팔아야 하고, 하찮아 보이는 헛소리도 들어둬야 한다. 옷깃만

스쳐도 참을 수 없는 발가락 관절 통증과 요산이 많은 육류, 등 푸른 생선 등을 즐겨 먹는 사람들에게 잘 걸린다는 관절염 통풍도 비 체험으로라도 치러봐야 한다. 장거리 페이스이므로 체력관리도 필수이다.

우리에게는 직업은 매우 소중하다. 궁핍을 잊게 할 뿐만 아니라, 인간으로서 마땅히 지켜야 할 도리의 도덕성을 갖추게 하기 때문이다. 존재감을 지켜줄 뿐만 아니라, 인생 발전에 긍지의 사기를 높여주기도 한다.

갑자기 해고통지를 받고 놀란 그 천둥벼락에 식솔들을 부둥켜안고 어쩔 줄 몰라 하는 이웃들의 울분은 결코 남의 일이 아니다. 이렇게 직업은 기쁨의 행복과, 실의에 잠기는 불행을 확연하게 갈라놓는다. 그러나 작가는 스스로 절필을 끊지 않는 한 언제까지든 일이 보장되어 있다.

정보 취득은 직업안정에 매우 중요하다. 인터넷은 우리의 두뇌 기능을 확장시켰다. 목표를 세운 글쓰기 공부는 물론이고, 문장을 엮는데 큰 도움이 되는 단어 습득도 한결 수월해졌다. 주어진 오늘의 시간을 알차게 쓰려는 사람에게는 더 할 나위 없는 지성의 전당이 아닐 수 없다. 필자 역시도 필요한 정보를 때때로 인터넷에서 얻는다. 그러나 나열이 어지러워 집중력을 떨어트리는 인터넷 의존보다, 여전히 선호하는 편인 종이책을 읽는 독서에서 더 많은 지식을 습득하고 있다. 찬찬히 되새기는 안전감이 높기 때문이다.

목마른 사람이 물을 찾듯이 기회는 목표를 좇는 자의 차지일 수밖에 없다. 시간은 우리에게 많은 실익을 안겨준다. 사람들에게 다가가게 하면서, 그 사람들과 함께 시간을 보내다 보면 각자의 시선이 서로를 향하여 마주 보고 있는 만남을 주선하기도 한다.

사람이 사람을 향해 마음을 주고받는 경로에는 자격 따위는 소용없다. 따지고 보면 어떤 것과도 관계를 맺고 있는 글쓰기 인문은 인간의 빌어먹는 수단이 아니라, 목적을 좇는 일이다. 사실의 배후를 밝히는 가치 지향의 목적을 띠고 있다. 누구는 인문은 내 앞을 비추는 손전등이라고 표현했다.

글쓰기가 사람을 만든다? 그렇다. 글쓰기 인문은 인성을 키운다. 굳은 마음을 깨트려 사람으로서 거듭나게 할 뿐만 아니라, 잊지 못할 과오를 벗게도 한다. 어리둥절 생체기로 사계절 기후를 좇다 고충의 시름을 잊기도 전에 어느덧 분야 별 지식이 머릿속에 살포시 들어차 있음도 발견하게 된다. 그 바탕에서 책을 만드는 글을 쓰는 일 천행이 아니고 무엇이겠는가.

책은 추상이라 눈에 쉬 잡히지 않는 논리적 사유를 확실하게 보게 하는 저력이 있다. 여러 개념을 상관관계로 연결하는 다리 역할의 기능을 소개해 줄 뿐만 아니라, 잘못된 머리 정보의 오해도 새로 고쳐 배우게 한다.

나로 하여금 머나먼 저편 때라 보이지 않는 것을 추억으로 보게도 한다. 사과 한 개의 중력을 통해 세상의 이치를 깨우쳐주기도 한다. 또한 보이는 것이 있다는 것은 보이지 않는 것에 둘러싸여 있다는 지식도 알게 한다. 육안으로 들여다볼 수 없는 그 이면에는 불확실하나 형체가 떠받들고 있기에 사물의 윤곽이 뚜렷하다는 소개도 곁들인다.

이는 곧 자신의 시선을 모두와 나누는 것이다.

입체적인 창의력

생각으로 추려 입 밖으로 표현한 말은 '입말'이고 문자로 표현하면 '글말'이다. 글은 단어의 조합이다. 글을 입체하게 잘 쓰려면 먼저 수준 높은 독해력을 길러야 한다. 그저 흉내로 따라만 가거나 아무런 사유 없이 그대로 받아들이는 것은 독해력과 거리가 멀다. 독해력은 나의 자각으로 읽는 작문에 비판의 날을 세우는 것이다. 예를 들어 이 책을 쓴 저자의 사상이 어떤지를 살피면서 대중적 공감이 떨어지는 원인은 문장에서 문장을 잇는 열이 어색하게 맞지 않다는 결함이 있다거나, 정보가 참인지에 일단 의심을 두는 것이다.

독해력을 높이는 방법은 파헤치는 탐구이다.

"사람은 왜 악을 저지를까? 오로지 악한 사람만이 악을 저지를까? 만약 악하다고 할 수 없는 평범한 사람도 악에 가담한다면 그 이유는 무엇일까? 악을 저지르거나 가담하지 않으려면 어떻게 해야 하는가?" 《예루살렘의 아이히만》한나 아렌트의 책에 실린 일부이다.

《예루살렘의 아이히만》은 읽기 쉬운 책이 아니다. 내용이 인간 대 인간 사회 문제를 다루는 무겁고 심각하여 한번 읽고서는 이해가 쉽게 와 닿지 않는다. 그러나 이 질문에 답을 낼 줄 알아야 독해력을 갖췄다고 할 수 있다.

자신의 지능 수준으로는 능력이 닿지 않는다며 뜻풀이를 바깥으로 떠밀어낸다면 언덕 고비를 넘어갈 수가 없다. 단계에 올라서려 하지 않고 은근슬쩍 샛길로 피해 가는 버릇은 참다운 독서인이 아니다. 책을 손에 들기는 하였으나, 교양인인 척 뽐내는 주변 인물에 지나지 않다. 독서백편의자현(讀書百遍義自現)의 격언을 굳이 따르지 않더라도, 해독이 될 때까지 읽고 또 읽어서라도 이해 도모에 최선을 다하는 자가 참된 독서인이다.

독서는 책 쓰기의 밑거름이다. 읽고 또 읽어라. 좋

은 스승과의 교제는 한계가 있기 마련이다. 일찍이 에이브람 링컨은 "사람 위에 사람 없고 사람 아래 사람 없다."라는 말을 남겼다. 평등을 강조한 말이다.

다만 능력의 차이는 존재한다. 편하다는 안온한 환경은 역량 자체를 퇴화시킨다. 고집을 피우면 옹색해진다. 자신은 약자라며 비하로 경멸하는 사람은 아무것도 생산해낼 수 없다.

자극이 필요하다. 바르셀로나 올림픽 마라톤에서 금메달을 목에 건 황영조 선수는 경기 중일 때보다 출발 직전에 포기하고 싶다는 생각이 훨씬 강하게 든다고 말한 적이 있다.

가소성(可塑性:뇌가 스스로 신경회로를 바꾸는 능력)은 어휘의 너비 즉, 문장의 깊이는 글쓰기의 힘을 길러준다. 참고로 글쓰기에도 글쓰기만의 피로와 고통이 따른다는 사실이다.

글쓰기 초래는 고독의 자율이다. 문장에도 현악기처럼 음감(音感)이 있다. 저마다 글맛을 느끼는 취향의 기준이 다르기에 모두에게 박수갈채를 받는 훌륭한 연주일 수는 없다. 편차가 생기는 이유이다. 이래도 저래도 외세에 흔들리지 않는 굳건한 여유를 가짐이 중요하다. 그래야 나만의 창의력 글말에 한 발 더

다가설 수 있다.

사회 무대에서 물러나 손자 손녀들의 재롱에 나이를 잊는 여가를 즐기는 기성세대들은 기억하고 있다. 개울물을 그대로 떠 마신 것과, 신록이 무릇 익은 오월의 아카시아 꽃송이를 간식으로 먹었던 시절을.

그러나 오늘날에는 환경오염이 심해 나물 채취도 함부로 할 수 없게 되었다. 이 년째 사투를 벌이고 있는 코로나19의 바이러스는 더더욱 우리의 건강을 위협하고 있다. 전파력이 높다는 바이러스 올가미에 걸려들지 않으려면 개인적 위생관리가 중요하다. 인체의 면역력을 강화하여 나를 지켜내는 것이 최선이다. 건강하다는 것은 마음먹은 대로 뛰고 달리는 것을 말한다.

막말이 난무하는 입방정 시대이다. 언어폭력이 난무하는 시대이다. 뭉툭한 사변들이 진리인 양 떠들어지는 시대이다. 책은 물론이고 사회상을 중계하는 방송·신문도 병든 글과 연기 피우는 말로 독자·청취자 시청자들의 눈과 귀를 농락으로 오염시키고 있다. 사고(思考)를 망가트리고 있다. 면역체계가 약한 사람은 옳고 그름의 판단을 잃고 그대로 답습을 밟는다. 그 영향의 정화 없이 쓰이는 문장 역시도 병균 체가 득실

거린다.

"내 안에서 나를 찾고 나로서 내가 되자."

흘러가는 시간을 두려워하는 당신에게 나이는 숫자에 불과하다는 교감을 불러일으킨 영국 화가 로즈 와일리를 소개하겠다.

로즈 와일리는 20대에 결혼하여 전업주부로 살다, 40대에 다시 미술 공부를 시작하고 기나긴 무명시절을 76세에 벗었다. 한가람미술관 전시(2020.12.4~2021.3.28)를 통해 우리나라에서도 큰 사랑을 받은 바 있는 로즈 와일리의 대가 만성형의 명예를 안겨준 나이는 86세였다. 가장 '핫'하다는 신진작가의 평을 받는 그는, 80세 화가에게 주어지는 존 무어 상을 받은데 이어 2018년에 영국 황실로부터 문화공로상을 받았다.

그의 미술관은 평론가들에 따르면 '대중적인 소재를 자유분방하게 표현한 작가'라는 것이다. 우리 주변에 널려있어 자주 목격되는 잡초나 들꽃, 집안 구석에 놓여있는 가위 같은 생활 도구, 소설이나 시를 읽다 떠오른 영감으로 먼저 드로잉으로 초안을 잡은 후 그 바탕에서 벽면을 꽉 채운 대형 캔버스에 물감 흐르는 붓을 댄다는 것이다.

상황의 본질은 사물이다. 문학예술의 큰 자랑은 다른 예술가들에게 영감을 끼친다는 점이다. 인간은 혼자일 때 자신을 돌아본다. 일의 실패로 주저앉게 된 그 원인을 캐려는 헤아림으로 자신을 들여다보기도 한다. 포기하고 싶을 정도로 견디기 힘들었던 그 외로운 고독을 통해 자신은 자신에게 얼마나 정직한 인간이었는지를 자성도 해본다. 자신에게는 차마 등을 질 수 없으니 그렇게 해서라도 성장의 지름을 찾는다. 사람은 자신이 쌓아올린 영역에서 실적을 발표하고 청취자들로부터 평가를 듣는다. 이른바 계단용 셀러리이다.

습관적으로 글쓰기에 매달려야 입체적인 창의력이 키워진다. 새로운 창의력을 얻기 위해서는 별 상관없어 보이는 두 생각을 상대적으로 떠올려 연결시켜보는 것이다. 다시 말해 한 생각만으로는 힘이 떨어지나, 이편과 저편의 무게를 재는 복수의 저울질은 보완의 문장이 될 수 있다. 잡다함은 대상이 여럿이므로 창의의 빌미가 넓고, 실제로 필자처럼 산천과 바다를 둘러본 여행 경험이 적어 그림 생각이 많지 않다면 책으로 도움을 받으면 된다.

뜨겁지 않으면 사랑이 아니라는 착각-누룽지 숭늉

은 김이 피지 않는다. 아우성치는 열성이 없으니 펜이 아니라는 편집성 따돌림-물은 마른 목을 축여준다. 말 잘 듣는 모범생은 손가락질을 받지 않으나, 구습(舊習)은 따르지 않겠다며 반항을 부리는 이단아 말썽은 위험하기 짝이 없다.

그러나 제멋대로 노는 괴짜 측에서 비범한 창의 자는 얼마든지 많다. 오른팔을 묶고 왼팔의 적응력 실험을 했다는 고(故) 이건희 전 삼성그룹회장의 기이한 행동이 그 한 예이다. 또 한 사람은 2021년 3월 8일 한국과학기술원(KAIST) 총장에 취임한 이광형 교수이다. 그는 "나의 컴퓨터를 해킹하라." "절대 풀 수 없는 문제를 창조하라."라고 외친 괴인답게 취임사에서도 "전공 공부할 시간을 10% 줄이고, 그 시간에 인성과 리더십을 배우자."라는 화두를 던졌다.

거리가 잠든 밤이어야 볼 수 있는 무수한 별들, 권태를 깨운다.

에필로그

빠른 세월

시간 놓치지 마라 깨우친다.

대기에 자태를 내맡겼던 장미도 저물고

대추나무 꽃피우는

벌과 나비들 푸른빛 향기 하늘로 띄운다.

감염증(코로나19)예방 접종이 전 국민적으로 진행되고 있다. 필자도 6월 7일에 1차 접종을 마치고 8월 예정인 2차 접종을 기다리고 있다. 조만간 우리나라도 마스크를 벗은 일상을 되찾을 거라는 희망을 기대해 마지않는다.

알고 지내는 어떤 분께서 어느 날 인생 정리에 접어든 노인들에게 글쓰기 강의를 할 수 있는 기회를 주선

해보겠다는 말씀을 하신 적이 있다. 꿈은 아니었으나 만일 기회가 주어진다면-전제를 깔고 준비는 해 두었었다. 그러나 매일 카카오 톡으로 안부를 주고받았던 그분과는 연락이 끊겨 강의 건 문제는 흐지부지 공중분해로 사라지고 말았다. 그래서 글쓰기에 관한 책 한 권쯤은 내보자는 시동을 걸고 6~7개월에 걸쳐 마침내 여정을 마쳤다.

산문형식인 《글말이 생성되는 장소》에 수록된 글 몇 편은 지역신문으로 소개된 바가 있다. 이 책은 지역신문 대표의 말씀처럼 교과서 성향이 강하다.

한때 필자는 '우리말 연구소'의 이름을 내걸고 그에 관한 공부를 한 적이 있다. 그 자료집 하나가 필자의 첫 장편소설 《방황하는 영혼들》이다. 그러나 구청공무원인 어느 독자께서 일상의 뒤편으로 밀려 생소하기만 한 우리말 단어가 너무 많아 읽기가 편치 않았다는 지적을 듣고 이 추진은 중단되고 말았다. 그래서 이후에 출간된 장편소설 《누구를 위하여 눈물을 흘려야 하나》에서는 우리말 단어를 대폭 줄였다.

필자는 시와 소설을 쓰는 작가이다. 처음 도전인 이 책 쓰기 작업이 쉽지 않았음을 고백한다. 무엇보다 이 작업으로 미뤄둘 수밖에 없었던 두 권의 장편소설과

시집 수정을 해야 한다는 건에 마음이 걸렸던 것은 사실이다. 그러나 보람은 컸다.

이 책의 주제는 제목 그대로 글쓰기 안내서이다. 작자의 의도대로 썼다고는 하나 독자들의 반응이 어떨지 자못 궁금하다.